vmn

Inhalt

Feuerwehrpiepser

Die Feuerwehralarmanlag, des war früher ä Gerät,
Des hat am Sonntagmittag gschellt, daß mer wäß,
daß es aa geht.
Heut hammsa elektrischa Piepser, ja, ja, so was gibt's,
Und wenn's bei een piepst, häßt des net: Bei den piept's.
Nä, die Piepser sinn lediglich neu und bequem:
Das neue Feuerwehralarmsystem.
Die Buäm hamm na in än Brusttäschla, daß sa na
gleich hörn,
Die Mädli hamm na an die Hüftn, weil, obm tät er störn.
Die Piepser, auch des kann mer beruhigt abtun,
Sinn nix Ordinärs, hamm nix mit Peepshow zu tun,
Doch hamm die Feuerwehrleut gerne ihrn Pieper,
Und je öfter daß es piepst, je mehr isses era lieber.

Zoom

Also, so verliebt wie die zwää hat mer noch selten ä Päärla gsehn. Sie hamm sich fast aufgfressn mit die Aachng, an die Händli hamm sa sich sowieso immer nur gführt, und es ganza Städtla hat gsacht: »Guckt hi, die Täubli hättn sa net besser zammtrach könn.«

Sie, die Vroni, war von berauschender Schönheit, von schlanker Gestalt und mit rassicha Aachng bestückt. Kenner hat's gläb woll, daß der Markus – er war übrigens Feuerwehrmann – die Vroni krieg soll. Und er selber hat jedesmal, wenn sich die Vroni mit ihrn vorehelichng Körper an na gelehnt hat, sich heimlich nei sein Poppes gezwickt, ob er des aa net träumt, daß er – er, der Markus – die Vroni – die Schönst vom Städtla – zur Fraa kriegt.

Er war ein starker Feuerwehrmann, der Markus, muskulös, schnurrbärtig und eisernstimmig. Er hat zupack könn, und er hat sämtlicha Fahrerlaubnisscheine ghat.

Sie dergecher war ä häässa Nummer. Jeder Mo hat sein Puls gspürt, wenn sie na angelächelt hat mit ihra frecha Aachng. Sie hat, wäß Gott, sogar Verheierta manchmal aus der Fassung gebracht.

Auf was hamm sa denn noch wart wöll, die zwää, wenn sowieso scho alles klar war? Ä bißla Vermögen war aa da, und vor allem Lust war da, jede Menge Lust. Moderna Zeitn? Da hat's nix gääm bein Markus. Er hat zwar sei Feuerwehrübunga durchgezochng, wie mer so secht, aber ä Brand, ä richtiger Brand, hat sei Tant Betty gsacht, derf erst nach der Hochzeit stattfind, basta. Also iss der Hochzeitstag, der Großbrandtag sozusagen, festgelegt worn.

Brautkleid, Blumenschmuck, Standesamt – des alles hat den Markus kaltgelassn. In der Kirch, am Traualtar, hat na sei Vroni so glutäugig angeguckt, daß sei Herz mitten in der Kirch heftig zu pochng angfangt hat. Er hat – pfui – mitten im Brautgottesdienst scho ans Abendessn gedacht. »Hoffentlich iss der Pfarrer bal fertig!« Angemerkt hast na allerdings nix. Er war in seiner blitzblank geputztn Feuerwehruniform neber seiner Vroni geknient, und die hat än Traum von einem blütenweißen Brautkleid anghabt. Kein Engel war je reiner und weißer wie die Vroni.

Raus aus der Kirch. Der Fotograf war bestellt, und er war aa pünktlich da. Es Brautpaar hat sich in Positur gstellt. Der Fotograf hat sei Stativ aufgebaut. Er iss bekannt gewesn für die schönsten Brautbilder weit und breit. Er hat durchng Sucher geguckt und hat die zwää glücklicha, ungeduldicha, junga Menschn dirigiert, wie sa sich stell solln, wie sa lächel solln und wie sa sich anstrahl solln: »Vielleicht es Händla ä weng halt und die Braut – jaaa, so isses recht … lächeln! Nei die Kamera – ja, so iss gut.«

Der Fotograf hat durch sein Apparat geguckt und die Braut 8fach auf sich zugezoomt. »Dunnerkeil, des iss ja eine Wucht, des iss ja ein Bombenweib, so was gibt's doch gar net!« Jetzt iss er mit hochrotem Kopf wieder hinter seiner Kamera aufgetaucht und hat hingeguckt zu der Braut. »Des iss ja eine sensationelle Schönheit.« So ä Fotograf hat ä Aach derfür.

Jetzt iss er hi zu sa und hat ihrn Arm mit sei Hend genumma: »Wenn Sie Ihrn Arm ä weng so …« Und er hat sogar ihr Bee angepackt, des muß mer sich ämal vorstell, es Brautbee! »… und wenn Sie ihr Bee ä weng so vielleicht – jaaaa, so isses gut.«

Des war nuch net alles; er hat sogar ihr himmlisches Gsichtla nei sei zwää Fotografmhend genumma: »... und Ihr Gsicht ä weng so – ja, des paßt.«

Der Bräutigam war ungeduldig und scho ä weng stinkig. »Und was iss mit mein Gsicht?«

»Des geht so, da brauch mer nix zu ändern.«

Gibt's des aa? Der Fotograf hat sich durch sei Achtfachzoom direkt in die Braut verknallt. Aber die war doch grad frisch verheiert! Na und? Er hat ihr Gsicht raffiniert nach die Linsen zu ausgericht, und ihr glutvolles, hochzeitlich erwartungsvolles Lächeln iss durch sei starkes Zoom direkt in seiner Iris praktisch 8fach ankumma. Ihr erinnert euch sicher noch, daß er sa ja aa scho an ihrn Knie angepackt hat, vorhin.

Der Bräutigam hat verstimmt den Fototermin durchgstanna. Er hat eisern gelächelt und es Gsicht verdreht, aber er hat die ganz Zeit des Gfühl net losgebracht, daß des ganze ä weng an na vorbeigeht.

Die Braut war begeistert. Der ganz Tag war schö, die Sonn hat gschiena, und der Fotograf – sei aa kee übler Kerl, muß mer sach. Frecha, spitzbübischa Aachng hat er und eine Superfigur. Der Markus dergecher hat ä Spitzbäuchla ghat, angehende Glatze und Feuerwehraachng, das heißt, immer ä weng zammgezwickt wechern Raach.

»Naja, so isses Lääm«, hat die Vroni gedacht, »aber der Fotograf – o là là! Der werd sicher aa net so schnarchng wie der Markus«, hat sa geträumt. So ein Luder, die Vroni.

Der Fotograf hat in dera Nacht net so arg gut gschlaffm, er war verschossn in die Braut. Der Markus hat aa net so gut gschlaffm. Er hat bei sein erschtn richtichng Großbrand ziemlich viel Fehler gemacht, in der

Hochzeitsnacht. Anfängerhafta Fehler. Die Braut hat bein Eischlaffm – und sie iss bal eigschlaffm – noch kurz an den Teufelsfotograf gedacht. Pfui, in der Hochzeitsnacht an annera Männer zu denkng, des gibt's aa ner bloß bei der Vroni.

Zwää Tag später war der Markus unterwegs mit sein Laster. Die Vroni hat aufgeräumt und noch ä weng die Hochzeitsgschenke sortiert. Sie war aber gschminkt und hat gut gerochng, obwohl der Markus net da war. Mer sollt's net gläb. Für wen hat jetzt die ihr Deo verspritzt am hellichtn Vormittag?

Es hat gschellt. Der Fotograf war's und hat die ferticha Bilder gebracht. Hätt er die net mit die Post schick könn?

»Setzn sa sich. Möchng Sie än Cognac?«

Er mag, und er setzt sich, und sie guckng die Bilder an.

Des is doch klar daß die zwää die Köpf zammsteck hamm müß. Die Bildli warn klee, vor allem die Negative, und die zwää Frecker warn scheints ä bißla kurzsichtig. Die Köpf hamm sich berührt, die Hend hamm sich berührt, und die Knie hamm sich aa berührt. Und dann iss der entscheidende Moment kumma: Eens vo die Bildli iss nunnergfalln, alla zwää hamm sich gebückt, die Körper hamm sich im Ganzn berührt, und die Finger hamm sich ja irgendwo anhalt müß, iss doch klar. Ab jetzt hamm die zwää kenn Zuschauer mehr gebraucht. Die Schöne und der Fotograf, fast wie im Märchen. Der Markus iss deraweil mit sein Laster durch die Gegend gfahrn.

Was soll mer lang drum rumred? Kaum verheiert, warn die zwää, der Markus und die Vroni, wieder gschiedn. Der Markus hat recht gschent: »Der Pfarrer hat noch gsacht ›Bis daß der Tod euch scheidet‹, aber der hat scheints noch nix mit Fotografm zu tun ghat.«

Der Markus war ä fescher Feuerwehrmann mit kräftiger Muskulatur, und – wen wunnert's? – kaum ä Jahr später hat er ä Neua ghat, die Elisabeth. Statt feuericha Aachng hat sa kaltn Kaffee gebotn, und statt glutvolla Blicke hat sa ä weng ä verschlaffms Gsicht ghat. Aber, des muß mer doch sag, treu werd sa doch sinn, hat der Markus angenumma. Waffer Mo soll sich in die Elisabeth verknall mit ihrn Bubikopf?

Sie hamm Hochzeit gfeiert, die zwää. Net so laut und net so heftig wie bein letztn Mal und aa ner bloß aufm Standesamt. Der Pfarrer hat sa net genumma, weil der Markus scho gschiedn war. Der Elisabeth war's wurscht. Hauptsach, sie hat een.

Jetzt hat sa sogar ä weng gstrahlt nach dem feierlichng Akt. »Liebling«, hat sa gsacht, »jetzt gehn mir zum Fotograf.«

Bei dem Wort Fotograf iss ä Schattn übern Markus sei Gsicht gezochng. »Nä«, hat er gsacht, »alles, bloß net zum Fotograf. Ich hab selber än Apparat, ich knips dich lieber selber.«

»Aber der Herr Fotograf hat doch än größern Apparat und mehr Ahnung von die Ehepaare und was für Stellung daß sa einnehm müssn. Du mit dein klenna Apparätla. Hast du überhaupts scho ämal ä Braut geknipst?«

»Nein, nein und hundertmal nein! Mir gehn net zum Fotograf! Meenst du vielleicht, daß der mehr Ahnung hat, bloß weil er secht, du mußt lächel, weil gleich es Vöchela kummt? Grad der mit sein Achtfachzoom, der kummt mir mit der Zeit zu teuer. Und außerdem«, hat der Markus weitergeräbert, »kummt da überhaupt kee Vögela raus aus dem sein Apparat, aber die Leut falln immer wieder drauf rei.«

Ihr seid bestimmt mit mir einer Meinung: Der Markus wääß, vo was er red.

Ä alta Hüttn

»In der Mauer höckt der Schwamm
Und es Dach, des iss morsch,
Und im Keller isses klamm,
Jetzt leckst mich aber bal am Orsch.
Die Bruchbudn, die alt Hüttn,
Und wie baufällig die iss,
Und genau in der Mittn
Iss ä mordsgroßer Riß.
Mit därn Haus wer' ich net froh,
Da iss guter Rat teuer.« –
»Des säh ich annersch, doch net so,
Da iss guter Rat: Feuer!«

Die Sicherung iss durchgebrennt

»Mensch, so ein Mist! Ausgerechngt jetzt, wu ich dringend fort muß, muß die Sicherung freck!«

Der Christian war verzweifelt, er hat ä klenns Feinkostgschäft ghat, und da drinna hasta immer frisch Zeug käff könn, dafür war er bekannt. Grad hat na ä Bauer angerufm, er hätt frischa Kirschn. Wie der Christian losfahr will, merkt er, weil's ä weng gerechert hat, daß die Scheibenwischer net gehn. Die Sicherung war hi, und bei den Wetter kasta ohne Scheibenwischer net fahr.

Nebenbei war der Christian aa nuch Maschinist bei der Haßfurter Freiwilligen Feuerwehr, weil er fast genau neber der Feuerwehrgarasch gewohnt hat, und er hat – des war sei Erfindung – die zwää Feuerwehrfahrzeuge so raffiniert neifahr könn, nei die Feuerwehrgarasch, daß sogar noch Platz war für sei Gschäftsauto. Dafür hat er nix zahl müß, weil, er hat ja aa auf die Feuerwehrauto aufgepaßt und hat sogar än Feuerwehrchauffeur gemacht. Außerdem war er immer eener vo die erschtn am Gerätehaus.

Also, die Fahrt war dringend, die Kirschn hamm gewart, aber die Scheibenwischer warn bewegungslos. Wu nimmt jetzt, in der Eil, der Christian ä Sicherung her? Natürlich warn in die Feuerwehrauto Sicherunga genug, »aber des kammer doch net mach, daß mer eefach eena ausbaut, oder? Pfeiferdeckel, es werd net grad heut brenna, heut wu's sogar rechert. Da kann's doch gar net brenn«, hat der Christian gedacht.

Der Christian war ein Frecker, er hat sich ä Sicherung aus 'n Feuerwehrauto geliehn und hat sa bei sich eigebaut. Die Ampère hamm gepaßt, und – sei

Scheibmwischer sinn wieder ganga. Jetzt hat er die Fuhr Kirschn hol könn.

Es hat ä Zeitlang wirklich net gebrennt an dem Tag. Aber – gecher Abend hat, zum Dunnerkeil nuch ämal, die Feuerglockng gschellt. Der Christian iss wie immer fast automatisch nei sei Feuerwehrkläder gfahrn; es war scho alles zammgsteckt bereitgelächng: Hosn, Hemm und Kittel. Die Knöpf hat er auf der Straß im Renna zugemacht.

Wie er an der Garasch war, hat er wie immer sein PKW nausrangiert. Jetzt hat er sich nein Auto ghöckt und hat ungeduldig gewart auf die annern Feuerwehrleut.

Aha, der Wilhelm kummt, und der Karl und der Günter und aa der Josef. Endlich iss aa der Hansibubi um die Eckng gsaust kumma – jetzt hat's losgeh könn.

»Wu brennt's?«

»In Oberschleichach. Geb Gas, es Holzwerk brennt!« Kurz und knapp sinn die Befehle von Hansibubi seiner zammgezwicktn Feuerwehrlippm kumma.

Mit es stärksta und erhabenste Erlebnis, wenn's brennt, war natürlich, wenn die Feuerwehr durch Haßfurt, ihrn Heimatort, gfahrn iss. Die Haßfurter Feuerwehrleut an ihrer eigena Mitmenschn vorbei, mit Tatü und Tata, mit Blaulicht und mit grimmicha, zu allem entschlossena Gsichtern. Verwegena Gsichter. Eisenharte Burschn mit Tatü und Tata.

Än Hansibubi sei erschts war, den Martinshornschalter eizuschaltn und dann es Blaulicht. Es Blaulicht iss ganga, aber – Totenstille. »Was iss denn mit den Scheißmartinshorn los?«

»Wäß ich doch net.«

Der Hansi war stocksauer. Er hat auf den Schalter rumgedrückt und immer wieder dran rumgerüttlt und schließlich mit seiner Schmiedefaust draufghämmert. »Warum geht denn des Freckersmartinshorn net?«

Der Christian hat na treuherzig versichert: »Bein letzn Mal isses nuch ganga.«

Die Straß war sowieso frei, aber die Haßfurter hättn's halt hör soll, wenn die tapfera Haßfurter Feuerwehrleut ausrückng.

»Also, des git's doch gar net, da muß ja eine sakramentische Störung drin sei. Sinn mir scho eemal so strümpfert losgfahrn? Da mecht een ja des ganza Feuer kenn Spaß, da scheiß ich doch auf die ganz Löscherei!«

Auf eemal isses dem Christian siedhääß eigfalln: Die Sicherunga! »Hansi«, hat er gsacht, »so ä Störung kann vorkumm, je mehr Technik, desto mehr Zwischenfäll.«

»Des Auto werd generalüberholt!« hat der Hansibubi gebellt.

»Aber mir hamm's doch erscht ...«

»Wenn ich gsacht hab ›generalüberholt‹, nacher meen ich aa ›generalüberholt‹, basta! Und als erschtes wern die Sicherunga untersucht!«

»Also, des wäß ich ganz bestimmt«, hat sich der Christian verteidigt, »wenn's alles iss, die Sicherung kann's net sei, die funktioniert einwandfrei.«

Die Rettungsscher

Also, wenn eener denkt, die zwää hättn was mitänanner, der muß sich täusch, oder? Des kann doch net sei, *er* iss doch gut verheiert, hat Fraa und Kinner, und die ganz Familie hat den allerbestn Ruf. An Ostern und Weihnachtn gehn sa sogar nei die Kirch. Und *sie*? Sie, die Magdalena, hat doch aa än Mo und ä Kind. Eijeijeijeijeijei, des wenn stimmert, ich kann's gar net glääb.

»Also«, secht der Otto, »also, mei Fraa wenn so was machert und sich mit so än Hallodri eilassert, dera gäbert ich.«

»Aber es muß was dran sei«, beharrt der Schorsch, »ich hab die Pritschn scho ämal in sein Auto gsehn.«

Der Otto und der Schorsch hamm grad Feuerwehrdienstbesprechung ghabt, wie alle Donnerstagabend, und jetzt wernsa gleich es Schaffkopfspieln anfanga, aa wie alla Donnerstagabend. Jahrein, jahraus – alla Donnerstagabend. Än Otto sei Fraa hat sich fei fest drauf verlaß könn, daß der Otto net vor eensa hemmkumma iss, nachts. Ä Feuerwehrmann iss pünktlich, aa im spätn Bereich. Der Schorsch dergecher iss Junggsell und kann mach, was er will und wie spät er's will.

Die zwää redn ägrad vom Hermann. Der Hermann iss ä ordentlicher Familienvater einer gottesfürchtigen Familie. Er iss ehrsam und fleißig, aber – ein großer Hallodri vor dem Herrn. Ein Vogel, wie er im Buch steht, ein Haderlump, ein gottverlassener. Die Frauen lassn sich von ihm die Köpf und sonstige Körperteile verdreh und die Haar verwürchel.

Ja, und die Magdalena, vo dera wu die Red aa iss, die iss ä weng ä Luder. Es Städtla wäß mindestens vo zwää, drei Fäll, wo sa ihrn Moo scho ausgebüchst iss, und in der Näh vo die Amikasern iss sa aa scho gsehn worn. Obwohl sa än Moo und ä Kind hat, wie mir wissn.

Pfeif drauf, jetzt werd Schaffkopf gspielt. Der Schorsch gibt, der Martin hebt ab, und der Otto kummt raus; er steckt sei Kartn auf. Unter, Ober, As, Neuner. »Seit neuna liegt mei Fraa scho im Bett«, secht er, »die hat's gut, die kann schlaff, und mir müssn uns wecher dera blödn Feuerwehr die Nacht um die Ohrn schlag.«

Der Martin stichelt: »Dei Fraa guckt vielleicht noch ä weng fern, oder sie iss bei die Nachbera zum Ratschn.«

»Da kennst du aber mei Gattin schlecht«, braust der Otto auf, »ohne mein Wissen verläßt die net des Haus. Im Gegenteil, sie zieht scho beizeit ihrn Jogginganzug an und geht nacher um neuna neis Bett.«

»Ich spiel mit die Schelln-Sau!« bläckt der Martin, und kenner hat was dergecher.

»Du kummst raus!«

»Trumpf!«

»Hau ich zamm!«

Es Schaffkopfspiel geht sein Gang. Aber mitten nei frecht der Otto: »Wenn des stimmt mit dem Hermann und dem Ludersweib, nacher iss ja des praktisch ä – Sauerei, oder?«

»Was kann denn der arm Hermann derzu?« gibt der Schorsch als Junggsell zu bedenkng. »Der werd doch bloß verführt vo die mannstolla Weiber.«

»Wieso verführt? Der braucht doch bloß derhemm zu bleim.«

Aber der Schorsch, der alt Junggsell, lacht recht dreckert: »Derhemm sterbm die Leut! Mir sinn doch aa im Wirtshaus.«

»Ja, mir, mir hamm doch die Verpflichtung wecher der Feuerwehr«, kontert der Otto. »Meenst du vielleicht«, frecht er, während er sein drittn Schoppm bestellt und neu mischt, »meenst du vielleicht, ich wär net lieber derhemm in mein Bett bei meiner Fraa?«

»Nä«, grinst der Schorsch, »obwohl du ä junga Fraa hast, kartst du lieber.«

Der Otto denkt kurz voller Liebe an sei junga Fraa und spielt än Eichel-Ober raus. »Trumpf!« schreit er, und er überlegt, ob er um eensa, wenn er hemmkummt, sei Fraa net nuch ämal weck soll, weil sa doch noch so jung iss, und er iss doch aa nuch im besten Feuerwehralter.

Es kummt alles ganz annersch. Wie der Martin grad »Eichel sticht!« schreit und der Otto über sei jungs Weib nachdenkt und der Schorsch, der alt Junggsell, überlegt, was er derhemm im Eisschrank hat, da piepsn die Feuerwehrpiepser.

Die drei schmeißn die Karten zamm und renna nüber zur Feuerwehrgerätehall. So schnell warn sa scho lang nix mehr bereit.

»Schwerer Unfall auf der B 26 zwischer Obertheres und Wülflingen«, meld der Polizeifunk. »Rettungsgeräte und Rettungsschere notwendig. Vorsicht, auslaufendes Öl auf der Fahrbahn.«

Alles geht wie am Schnürla, die Feuerwehr rückt aus mit Tatü-Tata, und die Rettung geht ihrn Gang.

»Jessas, än Hermann sei Auto. Grad hammer noch vo na geredt.« Der Otto is fix und fertig. So schnell kann's passier.

»Vorsicht, langsam«, kommandiert der Schorsch, »mir müssn erst die Tür rausschneid, nacher bring mer na raus. – Hermann, tut's weh?«

Der Hermann beißt die Zähn zamm und stöhnt. Er hat än Arm gebrochng und riecht stark nach Parfüm. Aus sein Hosebee läfft ä weng Blut. Er werd gstützt und nebern Straßegrabm hingelegt, den Kopf ä weng erhöht. Sei Porsche sicht bös aus.

»Totalschaden«, stellt der Martin fachmännisch fest.

»Da iss nuch eener im Auto!« Tatsächlich, auf dem Beifahrersitz liecht mehr, als sa sitzt, ä Frauengstalt, es Gsicht blutverschmiert; sie rührt sich net. In der Dunkelheit hättnsa sa fast übersehn. Die Feuerwehrleut fanga an, es Dach aufzuschneidn und ä Stück vom vorderen Rahma. Der Schorsch und der Otto stehn ä weng abseits und unterhaltn sich leis.

»Des iss doch net sei Fraa.«

»Niemals, guck doch des Miniröckla an, kürzer geht's nix mehr, und die Chiffonblusn, total durchsichtig. Mich tät's net wunner, wenn des die Magdalena wär, die alt Sulln«

»Selber schuld«, schent der Otto, »wenn sich die Weiber nachts auf der Straß mit so een rumtreibm. Wahrscheints hat er ä weng nübergelangt und iss mit eener Hend gfahrn. Der hat ja keine Ahnung vo den Verkehr heutzutag.«

Inzwischen iss der Notarzt eigetroffm und hat sich gleich um die leblose Fraa gekümmert. Er wäscht era es blutüberströmte Gsicht ab. Der Otto kann kee Blut seh und guckt weg, aber der Schorsch iss neugierig und – da trifft na bal der Schlag.

»Otto!«

»Was iss?«

»Otto, des iss ja dei Fraa!«

»Was iss?«

»Dei Fraa, Otto, dei Fraa!«

Die verunglückte Dame wacht grad aus ihrer Ohnmacht auf, und der Otto iss total von die Sockng. Er stürzt zu seiner Fraa und stammelt: »Ja, Gattin, was mechst denn du da im Hermann sein Auto?«

Die Gattin schlägt die Aachng nieder und frecht: »Warum?«

»Du bist doch seit neuna in dein Bett«, schreit der Otto.

»Ja«, stottert sei Fraa, »aber heut iss der Hermann kumma und hat unbedingt gwollt ...«

»So ein Lump! Ich sag's doch, des iss der größte Gauner in der Stadt. Gell, er hat dich ...«

»Nä, er hat ausnahmsweis unbedingt gwollt, daß mir zu zwätt mit sein Computer spieln, ganz harmlos. Er hat die Knöpf gedrückt, und ich hab die Maus bedient.«

Der Otto zweifelt: »Ja, aber warum seid ihr nacher nach Obertheres gfahrn?«

»Der Hermann hat doch sein Computer net derhemm, du Depp!«

»Gott sei Dank!« Der Otto atmet auf. »Und ich hab scho gedacht ... der Hermann und du ...«

Da fährt na sei Fraa aber an, trotz ihrer Platzwunden auf der Stirn: »Gell, du meenst vielleicht ...? So, so eener bist du! Wart ner, wemmer derhemm sinn.«

Aber der Otto beruhigt sa: »Reg dich doch net auf, ich hab's doch net so gemeent. Aber warum hast denn du dein Trainingsanzug net angelassn zum Computerspieln?«

»So, des denkst du also, du meenst wohl, alla brava Frauen, die wu än Rock anhamm, sinn auf Männer aus?« Und sie bricht in Tränen aus.

»Nä«, jammert der Otto, »nä, so war's doch net gemeent! Sei so gut, verzeih mir's, ich hab doch vollstes Vertrauen zu dir.«

»Gut, daß sa net ihrn Jogginganzug anghat hat«, secht der Otto später zum Schorsch, »sonst hättn die blödn Leut wunner gedacht, was die zwää für än Sport getriebm hamm. Die dumma Hünd hamm doch immer was zu pappeln. Jetzt könna sa nix red, die Leut, mit Rock und Blusn war mei Fraa korrekt angezochng.«

Brandversicherung

Sehr geehrter Herr Julius Wichert,
Sie haben bei uns Ihr Haus versichert.
Bitte machen Sie Personalangaben.
Katholisch, Schlosser, geboren in Schwaben.
Am 14. haben Sie, das wird nicht geleugnet,
Die Brandversicherung unterzeichnet.
Am 15. ist Ihr Haus, wie bekannt,
Bis auf die Grundmauern niedergebrannt.
Und nun möchten wir gerne von Ihnen hören:
Wie können sie uns diese auffällige Verzögerung erklären?

Die Festansprache

»Rudi!«

»Jaaa?«

»Siema!«

»Jessas na, warum sechstn nix?«

»Ich denk, du wäßt, wieviel Uhr daß es iss?«

Der Rudi rotiert. Um achta geht der Festkommers an. »Mei Anzug, mei Schuh, mei Krawattn.«

»Ich hab der's scho higelegt.«

Der Rudi stürzt sich nei sei Kleider. »Des Hemd? Ach, pfeif, des geht nuch ämal. Des hab ich zwar voricha Wochng bei der Straßeneinweihung anghat, aber bloß drei Stundn.« (Ach so, ihr wißt nuch net, daß der Rudi stellvertretender Landrat iss. Über die Partei hochgedient und stolz auf sein Honoratiorenstatus.) Der Rudi riecht seinem Hemd unter die Achsel und stellt fest: »Des Hemd geht nuch ämal.«

Die Treppm nunter, an seiner Fraa vorbei nein Flur.

»Hast den Text von deiner Ansprach?«

Der Rudi fingert an seiner Tasch, Papier knistert. »Ja, da issa. Jetzt muß ich aber fort!«

»Aber net mit dena Sockng!«

»Die gehn doch.«

»Dunkelrota Sockng? Du spinnst! Naja, wenn du dich blamier willst?«

Zornbebend zieht der Rudi die weinrota Sockng aus, knallt sa nei än Eck und zieht graua an.

»Hast ä frisch Taschentuch?«

»Ich muß fort!«

»Wie sicht denn des aus, wenn da dich schneuz mußt, und du ziehst dei verotzts Taschetuch raus? Als stellvertretender Landrat …«

Um halber achta fährt der Rudi endlich zum Hof naus. Gut zehn Minutn braucht er bis Gunzenheim, zu dena ihrer Mehrzweckhalle. Er iss Schirmherr.

»Dunnerkeil, was für ä Fest iss des eigentlich? Des muß ä Gsangvereinsjubiläum sei.«

Wie er zur Halle kummt, sicht er Feuerwehrleut in Uniform, wie sa es Parkng regeln. – »Aha«, denkt er sich, »die Vereine helfm zamm.«

Der Rudi schreitet zur Halle.

»Grüß Gott, Herr Landrat.«

»Grüß Gott.«

Am erschtn Tisch, ganz vorn, wird er hingsetzt, genau unter dem Transparent »Willkommen zum 100jährigen Jubiläum«. Ehre, wem Ehre gebührt. Auf der Bühne probt ä Chor nuch eemal sein Einsatz – also doch ä Gsangvereinsfest. Die Halle füllt sich.

»Hab ich mei Red?« Der Rudi vergewissert sich, zieht sei Manuskript raus. »Jesses, Gott, des iss ja die Standardred zum Feuerwehrjubiläum!« Der Rudi hat stückers zehn Standardredn, und jetzt hat er »zum Dunnerwetter nuch ämal« die falsch derbei. »So ein Mist!«

Es hilft alles nix. Er iss kein Redner, nie und nimmer kann er frei red. Er muß die Feuerwehrred schnell umänder. Für Hemmfahrn und die anner Holn reicht die Zeit nix mehr.

Der Rudi nimmt sein Bleistift und schreibt nei die Red. Immer da, wu »Feuerwehrleut« steht, schreibt er »Sänger und Sängerinnen« hin, immer da, wu »Feuerwehrfest« steht, schreibt er »Konzert«, und da, wu »Brand« steht, schreibt er »Sängertreffm«. Jesses, da iss noch ä Wort: »Feuerwehrleiter«. Er mecht »Tonleiter« draus, und bei »Spritzn und Schläuch« schreibt er »Noten und Stimmen« drüber. Und net vergessn: Der

Schutzpatron iss die Heilige Cäcilia und net der Heilige Florian!

Gleich kummt er dran. Es werd scho gutgehn, es *muß*. Er derf sich net blamier, nächsts Jahr iss Wahl.

Es Lied vom Chor iss grad fertig. »Wenn alle Brünnlein fließen« hamm sa gsunga, praktisch ä Feuerwehrlied – aber es iss *doch* ä Gsangvereinsjubiläum! Jetzt kummt die Rede vom Schirmherrn ... »Und nun kommen wir zum Höhepunkt unseres Abends. Die Rede unseres Schirmherrn, Rudi Keller.« Applaus – es hilft nix, er muß naufm Podium, die Leut wartn auf na. Sei Hemd iss schweißnaß und riecht jetzt ziemlich streng. Hätt er vielleicht doch ä neus anzieh soll?

Jetzt geht's los: »Meine lieben Sängerinnen und Sänger, liebe Gäste, sehr geehrter Herr Kommand... äh, Herr Dirigent. Ich begrüße besonders nicht nur die tapferen Männer, sondern auch die weiblichen Mitglieder unserer Feuer...igen Gesangsgruppe.« (Dunnerwetter, des iss grad nuch ämal gutganga.)

»Ich heiße, ich heiße ...«

Der Ortssprecher vo Gunzenheim flüstert naufm Podium: »... Rudi Keller.«

Aber der Rudi schickt einen vernichtenden Blick nunter. Des wäß er selber. »Ich heiße ... alle Gäste aus nah und fern von ganzem Herzen willkommen! Mein besonderer Gruß aber gilt heute den Mitgliedern des Jubelvereins!« (Des paßt immer.)

»Mit euren starken Körpern, den prallen Schläuchen und den modernen Pumpen habt ihr schon den gewaltigsten Sängertreffen widerstanden. Ihr seid der wichtigste Verein in unserer Gemeinde, denn ihr bewacht Haus und Hof mit euerem Gesang. Wenn ihr nicht zum Einsatz kommt, dann freuen sich alle Menschen und sagen ›Gott sei Dank‹. Bei euren Übungen seid ihr stets auf der Leiter ... äh ... Tonleiter hinauf- und hinuntergeklettert ohne Angst und ohne Schwindel, und man kann es sich an den zwölf Fingern abzählen ...« (Mist, immer derselbe Versprecher! Seit seiner Zwölffingerdarmgschwüre verspricht er sich an dera Stell.) »Man kann es sich an den zehn Fingern abzählen, daß es euch eine Freude ist, wenn es bei jedem Konzert, wenn ihr erst einmal aufdreht, an allen Ecken und Enden spritzt.« (Na also, iss ja bis jetzt ganz gut ganga. Des soll mer ämal eener nachmach vo die gscheitn Redner im Bundestag in Bonn.)

»Wir alle freuen uns, wenn ihr nicht in Aktion tretet, aber es ist gut, daß es euch gibt. Und wenn einer über euren Einsatz spottet und lächelt, dem schleudere ich als stellvertretender Landrat, auch im Namen meiner Partei, die Worte entgegen: Weißt du überhaupt, was diese Sänger und Sängerinnen leisten, wenn sie zu nachtschlafender Zeit ihre Feuer bekämpfen?« (Dunnerwetter, gfährlich des mit dem Feuer – weiter.)

»Ich bin kein Freund großer Worte, aber wenn euer Einsatz ertönt in grausig grellem Klang des Martinshornes, dann, meine lieben Sängerinnen und Sänger, läuft allen Zuhörern die eiskalte Gänsehaut über den Rücken, und die Menschen fragen sich: Wofür straft uns der Herrgott jetzt schon wieder? Euer Schutzpatron, die Heilige Cäcilia, von dem es schon in der Bibel so schön heißt: Oh Heiliger Sankt Florian, beschütz mein Haus ...« (Sauerei, jetzt isses passiert!) »... beschütz mein Haus, und die Heilige Cäcilia brennt auch nichts an.« (Pause – erzeugt Spannung. Des hatt er ämal gelernt in än Rhetorikkurs auf Schloß Banz.)

»Und wenn ich auf eure Fahne sehe, liebe Wehrleute ... und vor allem liebe Sängerinnen und Sänger, dann sehe ich den Heiligen Cäcilia mit gekreuzten Strahlrohren umgeben von einem Schlauch aus Rosen zum Zeichen von Fortissimo und Al Dente, von Pianissimo und Alicante.« (Gott sei Dank, daß na des noch eigfalln iss; än Rudi sei Kinner lerna Klavier, und die italienischen Ausdrück gfalln na, besonders des »con tutta la forza«.)

Er red weiter. »Meine lieben Sängerinnen und Sänger, eure Schutzpatronin hat einen Kübel Wasser in der Hand, das bedeutet ...« (Au weh, jetzt muß er improvisier!) »... das bedeutet, wie viele Menschen habt ihr schon zu Tränen gerührt mit euren unregelmäßigen Einsätzen? Ihr seid eben stets bereit und immer im Dienst. Gott zur Ehr, dem Nächsten ...« (Vorsicht, schnell auf Gsangverein umstelln!) »... dem Nächsten ins Gehör! Und eure Schnelligkeit. Bei einem ... äh ... Konzert kommt es immer auf die Schnelligkeit an. Wenn ich euch, meine lieben Freunde des Schlauches, bei euren Übungen bewundern durfte, wie schnell ihr die Kleidung wechseln könnt. Wie schnell ihr, meine lieben Sängerinnen und Sänger, die Hosen aus- und wieder anziehen könnt, da drängt sich mir der Ausspruch des legendären Sängers Hans Ankenbrand auf die Lippen, der da sprach: ›Der Feuer... Der Sänger muß nicht nur gut angezogen, sondern auch schnell ausgezogen sein.« (So, es gröbsta hammer. Jetzt noch der Schluß, am besten der Standardschluß.)

»Meine lieben Freunde, ich bin kein Freund langer Worte. Für eure Jubelfeier wünsche ich euch noch viele frohe Stunden. Und so rufe ich euch, auch im Namen meiner Partei und als stellvertretender Landrat, ein dreifach kräftiges Gut ...«

Vo untn rauf klingt ein dreifach kräftiges, donnerndes »… Schlauch!«

»Na, daß die Sänger aa ›Gut Schlauch‹ schrein, hätt ich net gedacht«, geht's na durchng Kopf.

Stürmischer Applaus. Die Leut frään sich, daß die Red endlich rum iss. Der Rudi iss schweißgebadet, aber er iss stolz auf sei Meisterleistung. Er hat ä Gsangvereinsred ghaltn mit än Feuerwehrmanuskript. Des kann net ämal der Bundespräsident.

Jetzt kummt der Maiers Schorsch an sein Tisch und gibt na die Hend. »Gratuliere, des war ä guta Red zu unnern Feuerwehrjubiläum. Aber warum hasta denn dauernd vo Sängerinnen und Sänger gered? Gell, du hast aus Versehn die Gsangvereinsred derbeighat?!«

Feuerwehrball

Oh Jessas, oh Jessas, es Feuerhäusla brennt …
Der Otto tanzt, sei Partnerin, die schmilzt in seiner Hend.
Und obwohl sa nix mehr zu die Junga ghört,
Hat sa sich ganz eng an na higeknört.
Und er preßt ihrn altn Körper voller Lust
An sei bräta, harta Feuerwehrmannsbrust.
Warum kee Junga? Der Otto, der ghört zu die Hellstn,
Er wääß: Alta Scheuern brenna immer am schnellstn.

Prost Neujahr!

Die Feuerwehrübung iss aus, sie gehn hemm. »Also, Otto, mach's gut! Des war unner letzta Übung in den Jahr. Schöna Feiertag!«

»Schöna Feiertag? – Des wär die erscht Weihnachtn, wu's net brennt.«

Der Otto wääß, vo was er red. *Da* hammsa än Adventskranz nuch ämal angebrennt, und er hat Feuer gfangt, dürr, wie er war, *dort* hammsa den Christbaam vergessn auszulöschn.

»Was macht denn ihr an Silvester?«

»Nix Besonders, än Punsch, ä weng Fernsehn, langweilig wie immer, um halber eensa gehn mir neis Bett.«

»Mir aa, mei Fraa werd leicht müd, um halber zehna iss ihr Zeit.«

Hemmwärts kummt der Otto ins Philosophieren: Jetzt geht er auf fuchzig und geht scho um halber eesa neis Bett an Silvester, wie ä Opa.

Die Fraa vom Otto iss grad bei die Nachbera. »Was macht denn ihr an Silvester?«

»Nix Besonders, ä weng Fernsehen. Um halber eensa will mei Mo nei sein Bett, der verträgt kenn Alkohol mehr.«

»Meiner schläft scho um zehna ei, des iss sei Zeit.«

Ausnahmsweis hat's heuer an Weihnachtn net gebrennt. Der Otto war in der Mettn, extra ä weng hintn an der Tür, und hat dort auf sein Piepser aufgepaßt. »Es *muß* doch brenn. Weihnachtn ohne Feuer, des gibt's doch gar net.«

Der Piepser bleibt stumm, es brennt net. Und des soll ä Weihnachtn sei? Die blödn elektrischn Christbaumbeleuchtunga!

An Silvester gähnt der Otto nei sein Fernsehapparat, scho halber elfa. Nuch eenähalb Stund, und er kann scho bal nei sein Bett. Der Helmut, ä annerer Feuerwehrmann, iss ä weng eigschlaffm auf der Eßzimmerbank. Sei Fraa seufzt, nippt an ihrn Punsch und guckt auf die Uhr: Nuch eenähalb Stund.

Um elfa – tatütata, Feueralarm! Die Piepser piepsn. Die Männer schreckng vom Schlaf auf und schlüpfm nei ihr Löschanzüg.

»Mir müssn! Leg dich ä Weil neis Bett.«

Die Frauen der Feuerwehrmänner zetern: »So was Blöds, ausgerechngt an Silvester – Mistfeuerwehr!«

»Sag des net, Fraa, wenn's brennt, muß die Feuerwehr ran.«

Die Männer rückng aus, die Frauen rückng ei, nei die Better. Sie nämma ihr Punsch mit nauf nei die Schlafzimmer. Ä Schluck nuch, ä Seufzer, sie schlaffm ei, genau nein erschtn Januar.

In Steinsdorf brennt ä Schuppm. Steinsdorf iss net groß, der Schuppm aa net. Mittn im Dorf steht ä Wirtshaus, am Dorfrand steht der Schuppm in Flamma. Hundert Meter vom Wirtshaus aber, dort nebern Weinfaß, iss der Hydrant. In ä Viertelstund war der Schuppm gelöscht. Im Wirtshaus iss Silvesterfeier, kenner läßt sich stör vo dena. Es iss dreiviertel zwölfa, und ich meen fast, die Feierer merkng gar net, daß es brennt.

Wie der Otto und der Helmut die Schläuch zammrolln und der Felix und der Rudi die Strahlrohre eipackng, da bewegt sich der Vorhang am großn Fenster, wu sa feiern, und Leut guckng raus. Lusticha Gsichter, lauter Frauengsichter, gschminkta, frecha Weibersgsichter.

»Hast gsähn, Otto? Lauter Weiber.«

»Mensch, und waffera!«

Der Rudi guckt durch die Tür: »Bloß zwää, drei Männer und mindestens zwanzig Weiber.«

Da kummt scho eena raus. »Hopp, geht ä weng rei, ihr seid doch fertig mit 'n Löschn. Zu, feiert ä weng mit!«

»Mir hamm doch nix an. Mit dena Uniforma, des geht doch net.«

»Habt ihr nix drunter an?« frecht die Fraa mit frecha Aachng und knöpft dem Otto sein Kittel auf. »Uiii, der hat sein Schlafanzug scho an!«

Bein Rudi hat sich aa scho eena eighenklt: »Zu, seid doch kee Spielverderber!«

»Ich kann net, mei Fraa wart. – Wer seid denn ihr eigentlich? Lauter Damen ...«

»Mir sinn ä Nähereibetrieb, mir feiern da im Wirtshaus alla Silvester. Die merschtn vo uns sinn Singles. – Zu, mir tanzn ämal!«

Die weiblichen Anfechtunga vo dena alleinsthenden Damen sinn immer drängender worn. Ä weng angsäuselt warnsa alla scho und mancha tief ausgschnittn. An den Felix drängt sich aa gradso ä warms, weiches Näherinnenkörperla mit verführerischa Rundunga naa.

»Solln mir ä wengla mit nei?« frecht der Lump, der gottvergessn.

»Nein, mir fahrn hemm!« Der Rudi spricht ä Machtwort, er steuert des Feuerwehrauto.

Hemmwärts im Auto papplnsa ner so durchänanner:

»So ä Gelegenheit kriechng mir so schnell nix mehr.«

»Mensch, warn des tolla Weiber!«

»Hast die ee gsähn mit ihr scharfa Kurvn?«

»Warum hastn gsacht, mir fahrn hemm, Rudi? Du alter Spielverderber …«

»Ich war net angezochng!«

»Mir doch aa net! Ich hab scho mein Schlafanzug anghat, aber des wär ganga; der sicht aus wie ä moderner Jogginganzug.«

»Meiner aa. Rudi, des wär fei wirklich ganga …«

Der Felix secht: »Ich hätt sogar än normalen Pulli anghat, aber leider derzu mei langa Unterhosn.«

»Na, häst halt dei Uniformhosn angelassn. – Mensch, Rudi, du hast uns den ganzn Spaß versaut!«

Da spricht der Rudi wieder ein Machtwort: »Ihr Deppm, ich hab doch ä Nachthemm anghat.«

Der Helmut denkt laut nach: »Was hamm die gsacht? Sie feiern alla Jahr in den Wirtshaus?«

»Gell, du meenst, es brennt alla Silvester in Steinsdorf?«

Januar, Februar, März, April, Mai. Frühlingsgfühle bei der Feuerwehr-Maiübung.

Der Otto frecht än Rudi: »Mensch, wäßt nuch? An Silvester, in Steinsdorf – des wär's gewesn!«

»Hör auf und paß auf dei Strahlrohr auf! Wenn ich wissert, daß es wieder dort brennt, hätt ich kenn Schlafanzug an, des derfst mer glääb.«

Juni, Juli, August, September.

»Wäßt nuch, Helmut, wie's in Steinsdorf gebrennt hat?«

»Mensch, des wär ä Ding worn! Wäßt nuch? Die ee mit ihrn Busn …«

»Du, Helmut, du bist doch für die Alarmanlag zuständig.«

»Ja, scho, aber wenn's net brennt, nacher nützt die ganz Alarmanlag nix.«

Oktober, November, Dezember.

Am Rande der letzten Feuerwehrübung des Jahres geht der Otto zum Helmut: »Du, an Silvester feiern sa wieder.«

»Ich wääß, aber wenn's net brennt, kann ich net alarmier.«

»Wenn alarmierst du eigentlich?«

»Wenn mich eener anruft, daß es brennt.«

»Horcht ämal! Rudi, Felix, geht ämal her.«

Und sie redn übers Feuerwehrwesen im allgemeinen und übers Löschen von allerlei Bränden im besondern und übers Alarmsystem und über technische Pannen und über menschliche Schwächen und über menschliches Versagen, und sie gehn ausänanner.

»Schöna Feiertag!«

»Danke, gleichfalls, und schöna Grüß derhemm!«

An Silvester abeds secht die Fraa zum Otto: »Zieh doch dein Schlafanzug an. Des iss doch immer so gemütlich, ich hab doch aa scho mei Bettjäckla an.«

»Nä, an Silvester will ich ämal ä weng eleganter sei.«

Än Rudi sei Fraa secht: »Mensch, du stinkst heit nach Parfüm. So kenn ich dich gar net.«

»Für dich, mei Schätzla, iss mer nix gut genug. Heut, zur Feier des Tages, hab ich mich mit mein teuern Parfüm eigschpritzt, es is ja schließlich Silvester.«

Die Fraa vom Felix staunt: »Zwää Wochng lang hast du dei Zähn net geputzt, und jetzt, wu mir doch sowieso bal neis Bett gehn ... häst sa halt morchng früh ...«

»Nix, im neua Jahr hab ich den Vorsatz, daß ich mich wieder ämal ä weng mehr um mei Fraa kümmer, und da kriegst du zum Jahresbeginn einen Kuß vo mir, und zwar mit geputzta Zähn.«

Der Helmut hat heimlich ä neue Unterhosn angezochng, obwohl er die alt erscht drei Tag anghat hat, und hat die gebrauchte nei den Haufm dreckerta Wäsch ä weng untn neigsteckt.

Und sei Fraa frecht na: »Gell, du hast dei Haar gewaschn?«

Sie guckt na vo der Seitn her an. »Er sicht immer noch gut aus«, denkt sa sich, »schad, daß ich scho wieder so müd bin. Naja, vielleicht hat er ja, wie immer, früh ä wengla Lust drauf.«

Wen wunnert's, daß es um halber elfa gepiepst hat in die Feuerwehrpiepser? Es brennt! Die Männer rückng fluchend aus.

»Deswecher hätt er sich sei Zähn net putz beziehungsweise sei Haar net wasch brauch«, denkng die Frauen. Und än Rudi seina denkt: »Schad um des teuera Parfüm, wenn er nacher wieder so nach Rauch stinkt.«

Der Otto hat sei guts Hösla und sei Sonntagshemd angelassn unter sein Löschanzug. Wenn's brennt, kummt's bei einem Feuerwehrmann auf Sekundn an. Die Feuerwehrfrauen nämma ihrn Punsch und gehn nei ihr Bett. Eigentlich sinn sa froh, daß sa schlaff dürfm.

Im Feuerwehrauto blicken die Wehrmänner ernst vor sich hin.

»Des wenn rauskummt«, secht der Rudi.

»Ach, Scheiß, denk lieber an die scharfa Blonda.«

»Ja, und die langa Bee vo die Schwarz mit ihrn Miniröckla.«

Der Felix frecht mit zittricha Stimm: »Wie weit isses denn nuch nach Steinsdorf?«

»Des wenn rauskummt«, jammert der Rudi.

Nach Steinsdorf sinn sa gerufm worn, aber im *Feuerwehrauto* brennt's.

1. Januar. »Ich hab gar net ghört, wie du kumma bist. Auf den Punsch hab ich so gut gschlaffm. War's schö bein Löschn?«

Der Felix iss entrüstet: »Feuerwehr iss fei was Ernsts!. Da isses net schö! Da werd än Nächstn sei Hab und Gut gerett!« »Ach, entschuldige, Schatz, heut riechsta ämal net so nach Rauch, bloß ä wengla nach Schnaps.«

»Ja, mir hamm vom Nachber nachng Löschn een eigschenkt kriegt.«

Än Rudi sei Fraa iss ganz sicher: »Des iss doch net dei Parfüm, Rudi.«

»Na, freilich iss des mei Parfüm!«

»Also, ich hab dei Parfüm annersch in Erinnerung.«

»Aber des iss mei Parfüm!«

»Nach Rauch stinksta heut net so wie sonst.«

»Nä, es war bloß ä klenner Brand, und ich war mehr in der Näh vom Auto gschtanna.«

»Du, Helmut, dei Frisur iss scho wieder ganz verschwitzt. Häst sa net gewaschn, wär's grad so gewesn. Was iss denn des für ä schwarz Haar? du hast doch graua!«

»Da war ä Mordsgedräng am Brandplatz, Frauen aa derbei, und ich mittn im Getümmel. Da wääß ich doch net, was des für ä Haar iss.«

Bein Otto werd's gfährlich: »Also, Otto – alles, was recht iss: Wie kummt der Lippmstift na dein Sonntagshemm?«

»Ach, Fraa, du gläbst ja gar net, was die Besitzerin von den Haus, des wu mir gelöscht hamm, für ä Frääd ghat hat, daß mir ihr Schlafzimmer gerett hamm. Vor Dankbarkeit war sa überwältigt und hat mir ä paar

Küßli gaam. – Übrigens, so arg war der Brand gar net. Des war so ä geringer Schadn, ich gläb, des kummt net ämal nei die Zeitung.«

Trotzdem, daß es ä klenner Brand war, sinn sa erscht früh um viera hemmkumma. Naja, es dauert halt sei Zeit, bis die gewissenhafta Feuerwehrleut nachng Spritzn ihr Schläuch wieder zammgerollt und ihr Strahlrohre wieder eigepackt hamm.

Die Frauen sinn stolz auf ihr Heldn, aber ä bißla wunnern sa sich scho, daß es am nächstn Silvester wieder brennt, und am nächstn wieder und wieder und wieder … Und auf eemal schellt bein Otto seiner Fraa es Telefon.

»Ja, hier spricht die Agnes!« Des iss än Rudi sei Fraa. Ihr Stimm zittert ä weng. »Stell dir vor, was ich bein Metzger, wie ich wart hab müß, durch Zufall ghört hab. Stehn doch da zwää Schicksn und unterhaltn sich über ihr Silvesterfeier in Steinsdorf, und die ee secht: ›Und die Feuerwehrleut warn aa wieder da. Des sinn der vielleicht ä paar scharfa Frecker! Der ee hat mir gleich mei Knie gschtreichelt, und der anner hat nei mein Ausschnitt guck wöll. Aber es Höchsta war, wie der Grauhaaret getanzt hat, wie ein echter Feuerwehrmann. Mir iss ganz annersch worn.‹«

Dem Otto seiner Fraa isses aa ganz annersch worn.

Die Frauen vom Otto und seiner Freunde setztn sich zamm und fanga, statt zu diskutiern, es Streitn an.

»Der mit dem Knie, des muß meiner gewesn sei.«

»Nä, meiner! Ich kenn doch mein Pappenheimer.«

»Und der mit dem Ausschnitt, des war bestimmt meiner.«

»Der scharfe Tänzer, des war aber meiner.«

»Nä, meiner!«

Und so geht der Streit hin und her. Und erscht spät werd dann mit 'n Streitn abgschlossn, und es werd zu denkng angfangt. Auf jeden Fall ringa sich die Feuerwehrfrauen derzu durch, daß sa Silvester ämal gemeinsam feiern, ohne Männer, ämal nur Frauen ganz ällees, und sie sachng aa net, wu.

Mecht ja nix. Es hat ja sowieso wieder gebrennt bei die Feuerwehrleut. In Steinsdorf, wie alla Jahr.

Wie der Otto und sei Kumpel neis Wirtshaus gstürzt sinn mit »Hallo, Uschi!« und »Wu iss denn mei Mäusla?« und »Scheißerla, Kuckuck!«, hammsa – des iss klar – Gsichter gsänn, die ihnen inzwischen gut bekannt warn. Aber mit *dena* bekanntn Gsichter hamm sa net grad gerechngt. Es warn ihr eigena Frauen, und die hamm bösa Gsichter gemacht zum fröhlichen Silvesterspiel.

Am nächstn Tag iss än Otto sei Anzug reif für die Kleidersammlung der Kolpingsfamilie, än Rudi sei Achseln stinkng nix mehr nach Parfüm, sondern nach Angstschweiß, än Helmut sei frischgewaschena Haar sinn nuch grauer, ja hellgrau, fast weiß über Nacht, und ä paar vom Felix seiner frisch geputzta Zähn fehln neuerdings.

Seitdem hat's in Steinsdorf nix mehr gebrennt.

Die Pflicht ruft

Es war elfa rum, und in die fümfzicher Jahrn warn um die Zeit die merschtn Haßfurter scho längst in ihrer Better gelächng und hamm gschlaffm oder hamm annersch Zeuch gemacht. Mancha hamm sogar nuch ä weng geläsn. Da hat die Feuerwehralarmanlag geklingelt – es brennt, hat des ghäßn. Seit än halbm Jahr wieder ämal; es iss Zeit worn.

Der Karl und der Wilhelm warn nuch bein Beck beim Schaffkopfspieln und hamm Schoppm derzu getrunkng und Amnestierta derzu gässn. Der Beck hat Beck ghässn, weil er Beck war, und die Amnestierta hamm Amnestierta ghässn, weil, es warn sei net verkäffta Hörnli vo vor ä paar Tag, wu nix mehr gekost hamm. Wie den Beck sei Feuerwehralarmierung zu hörn war, sinn die zwää natürlich gleich losgerennt. Sie warn Feuerwehrleut.

Der Beck selber war natürlich aa Feuerwehrmann und hat sei restlicha Gäst angschria, sie söllertn, wenn sa hemm wolln und er nuch net da wär, ihr Geld auf die Ladentheke leg. Sie derfertn aber aa dableib, und die Weinflaschn wär im Eisschrank unter der Theke, und sie söllertn na jaa net bescheiß, und er iss aa nauf die Feuerwehrgarasch gerennt.

Net daß jetzt eener meent, die hättn sich gfrääät, daß es gebrennt hat. Nä, nä, des iss ä Irrtum. Obwohl sa gern gelöscht hamm, hat's era leid getan, wenn eener sei ganz Hab und Gut durch die Flamma verlorn hat. Alta Stallunga zum Beispiel, wu scho baufällig warn und morsch, oder Bauernhäuser zum Beispiel, wu scho hinfällig und liedschäftig warn. Aber, wie gsacht, gelöscht hammsa gern.

Wie also der Karl und der Wilhelm und aber auch der Beck drom Gerätehaus ankumma sinn, war der Kneuers Christl, der Maschinist, scho in voller Feuerwehrmontur am Steuer vom Tanklöschgerät ghöckt. Er hat bloß 50 Meter entfernt gewohnt und hat wahrscheints mit der Uniform gschlaffm. Die zwää Schoppmgäst und der Beck hamm jeder än Löschanzug gepackt und sinn aa neis Feuerwehrauto gsprunga. Sie warn die erschtn.

Der Diesel iss inzwischn scho geloffm, und der Christl hat gemosert: »Wu blein sa denn, wu blein denn die Annern?«

Da iss der Hansibubi scho ums Eck geloffm kumma. Er war der »Feuerwehrmann Nummer eins« im Landkreis, und er hat aa den Alarm ausgelöst, und – und des war es Wichtigsta – er hat ganz ällees gewißt, wu's brennt.

Wie er nein Feuerwehrauto geklettert iss, hat er kommandiert: »Auf geht's, los geht's!«

»Wart ä weng«, hat der Beck gsacht, »der Elsns Josef kummt aa nuch, ich hab scho Licht bei na gsähn.«

Mer sicht, die Wehrmänner warn lauter Nachbern vo der Hauptstraß, und der Josef war außerdem aa nuch der Kommandant, der Porzöberscht.

Bis also der Josef kumma iss, hammsa drin im Auto, in anstößiger Enge, ihr Löschanzüg angezochng und gewart und gewart ... Da kummt er ja scho.

Der Hansibubi hat es Fenster runtergedreht und hat nausgschriea: »Josef, schick dich, es brennt in Fatschnbrunn!«

Jessas! Guckt ner hi! Der Fleischmanns Gregor iss aa nuch aus der Dunkelheit angekeucht kumma, aber – ja was hat denn der gemacht? Spinnt der? Auf die letztn

Meter bis zum wartenden Auto hat sich der Gregor plötzlich schwer versündigt, und zwar dermaßn, wie sich ä Feuerwehrmann net geh laß derf. Er werd halt scho ä weng an des Löschwasser gedacht hamm, und angesichts der trippilierenden Kollegen im Auto hat sich der Gregor schwer vergriffm. Ein Eklat, sozusachng.

Er iss halt aus sein erschtn Schlaf gerissn worn, und wie er um die Eckng vom Landratsamt gerennt iss, hat er auf eemal gspürt, daß es Zeit war für eine ganz private, pressante Löschübung der ureigensten Art. Und die ungeduldichng Löschmänner hamm im inzwischen warmgelaufnen Auto mit anseh müß – wo sa sich doch scho so aufs Schlauchverlechng, aufs C-Strahlrohr und auf »Wasser marsch!« gfrääät hamm –, wie der Gregor ausgepackt und »Wasser marsch!« angfangt hat. An die Wend vom Landratsamt hi – des muß mer sich ämal vorstell –, obwohl der Motor scho geloffn iss!

Aber da hat er die Rechnung ohne den Hansibubi gemacht: »Gregor, bist du verrückt? Du als Dritter Kommandant! In Fatschnbrunn iss ä Großbrand, und du wißt pieß? Halt's zurück! Die Pflicht ruft!« Mit donnernder Stimm, gehärtet wie Kruppstahl durch unzählige Singstunden bei Gsangverein und Kirchenchor, hat der Hansi den Gregor angebläckt und zur Sau gemacht, und der hat doch tatsächlich auf halber Streck »Wasser halt!« gemacht, hat zammgepackt und iss auf des bereits fahrende Tanklöschfahrzeug aufgsprunga.

»Ich hab halt gemüßt«, hat er keinlaut gsacht.

»Mir müssn aa«, hat der Hansibubi gebelfert, »mir müssn aa, aber die Pflicht geht vor. Bis Fatschnbrunn werste's doch noch aushaltn. Zwick, halt dei Bee ä weng zamm.«

»Vielleicht wär's gar net so verkehrt«, hat der Kneuers Christian laut nachgedacht, »wenn mir in dern Feuerwehrauto ä weng ä Nachthäferla hättn oder än Potschamber, wie die Lateiner sachng.«

Nauszuus

In öffentlicha Gebäude, des kann mer versteh',
Müssn alla Türn nauszuus aufgeh'.
Weil sich – und der Gedanke iss net verkehrt –
Bei Brand und bei Panik der Saal schnell entleert.
Des iss wirklich wahr, verlaßt euch dadrauf,
Sogar Hosetürli gehn nach außn auf.
Obwohl, und des müssertn die Leute wiß,
Ä Hosn kee öffentliches Gebäude iss.
Und obwohl jeder wääß und kenner so blöd sei kann,
Daß vo Panik in einer Hosn doch wirklich kee Red sei kann.

40 Jahre bei der Feuerwehr

Der alt Gregor mecht ä ganz erstaunts Gsicht. »Grüß Gott, Herr Pfarrer. Daß Sie aa ämal neis Wirtshaus gehn?«

»Naja, warum soll ä Pfarrer kenn Durscht hab? Heut war ä schwüler Tag, und ällees im Pfarrhaus ä Bier zu trinkng, des schmeckt mer net. In Gsellschaft iss so ä Maß immer nuch am schönstn.«

»Amen«, secht der Gregor, und die zwää trinkng änanner inbrünstig zu. – Die Wahrheit iss aber, daß der Pfarrer in ä ganz gscheita Zeitung gelesn hat, daß sie, die Geistlichng, unters Volk sich misch söllertn, mit die Leut red, in die Vereine nei oder wenigstns nei die Wirtshäuser sollertn. Er hat sich es Leichtsta rausgsucht; er probiert's ämal mit 'n Wirtshaus.

»Na wie geht's Ihna denn, Herr Pfarrer?« freecht der Gregor.

»Danke, gut. Was gibt's denn Neues im Ort? Was redn denn die Leut?« versucht sich der Pfarrer als Klatschbase.

»Ich wäß scho, was Sie wiß wölln«, lacht der Gregor. »Wer muß heier, wer läßt sich scheid, wer iss schwer krank, und wer kriegt ä Kind? Ich, in mein Alter, wäß doch des nix mehr. Da müssn Sa scho Ihr Köchin freech.«

Die Wirtshaustür geht auf, junga Leut lärma rei: »Ä Bier!«

»Servus, Gregor!«

»Ä Spezi!«

Die junga Kerl kumma von die Feuerwehrübung.

Der Pfarer läßt es Gspräch net eischlaff: »Warst du net aa ämal bei der Feuerwehr, Gregor?«

»Ich? Ich hab in dena 40 Jahr Feuerwehrdienst kee eenziga Übung versäumt. Ich war immer da – allzeit bereit! Gott zur Ehr – dem Nächsten zur Wehr!«

»So isses recht«, nickt der Pfarrer.

Aber der Gregor schüttelt den Kopf: »Und, was hat's genützt? Nix!«

»Was soll denn des häß?« frecht der Pfarrer. »Ihr seid doch der Stolz vo unnerer Gemeinde. Erst bein letztn Feuerwehrfest hab ich die Gruppe vo unnerer Ortsfeuerwehr bewundert. Tolla Uniforma habter anghabt, und euer Geräte – erstklassig gepflegt ...«

Der Gregor unterbricht den Pfarrer: »Na und, na und? Uniforma und Geräte ...« Än Gregor sei Stimm klingt verächtlich, er rückt jetzt ä weng näher zum Pfarrer hi. »Jetzt will ich Ihna ämal was sach, Herr Pfarrer. 40 Jahre lang hab ich geübt, hab Saugkörb neis Wasser, hab Schläuch gekoppelt, und die Strahlrohre aller Größn hab ich beherrscht, da hat mer kenner äwas vorgemacht. Die Leiter nauf und runner war ich der Schnellst, aber immer bloß bei die Übunga. Kee eenzigs Mal, Herr Pfarrer, hab ich än richtichng Brand mitgemacht, kee eenzigs Mal.«

Der Pfarrer iss erschüttert, wie schrecklich des für än wirkich begeistertn Feuerwehrmann sei muß: nie än richtichng Brand. Er will den altn Gregor tröst, aber der fährt fort: »Herr Pfarrer, wenn ich Ihna sag« – der Gregor hat scho drei Schoppm, und sei Gsicht rötet sich langsam – »wenn ich Ihna sag: So was gönnt mer sein ärgstn Feind net! 40 Jahr lang gerüst, praktisch drauf gewart, und kee einzicher Brand! 40 Jahr lang drauf gfrääät, kammer fast scho sag!« Än Gregor sei Stimm wird feierlich: »Des iss die wirkliche Tragödie in mein Lebm, Herr Pfarrer.«

Wie der Pfarrer die Träna sicht, überlegt er krampfhaft, wie er den altn Gregor, dem Feuerwehrveteran, äwas Tröstliches sag kann. Er sucht verzweifelt in sein Gedächtnis nach Gleichnissen, wie des bei die Pfarrer so üblich iss. »Mit bildhafte Vergleiche tun mir Pfarrer uns immer relativ leicht«, denkt er sich, »scho die Bibel iss mit Gleichnissen immer gut gfahrn ...«

»Guck her, Gregor« secht beruhigend der Pfarrer, »kenner versteht dich so gut wie ich. Geht's uns Pfarrer net irgendwie genauso?«

»Ach, Sie, Herr Pfarrer, Sie hamm doch nix mit 'n Brandlöschn zu tun.«

»Wer secht denn des? Gregor, net bloß du warst 40 Jahr bei die Feuerwehr – ich bin nächsts Jahr 40 Jahr Pfarrer, und ...«

Der Gregor werd bös: »Aber, Herr Pfarrer, 40 Jahr Pfarrer und 40 Jahr Feuerwehrmann – des is doch wohl ä Unterschied wie Tag und Nacht. Ich hab 40 Jahr lang die Schläuch bereitghaltn und mei Strahlrohr geputzt und gepflegt, und net eemal hab ich's eigsetzt. Des iss mei großa Enttäuschung. Die Geräte warn bereit, aber es hat net gebrennt.«

Jetzt werd der Pfarrer aa ä weng lauter: »Na und? Ich hab 40 Jahr lang den Zölibat, gell, iss des vielleicht nix? Du hast dei Schläuch und dei Strahlrohr net eigsetzt, weil's net gebrennt hat, und ich hab 40 Jahr lang ...« Der Pfarrer stutzt und red net weiter. Des Gleichnis mit dena Schläuch iss na zu gfährlich. Er lächelt listig und secht ä weng leiser zum Gregor: »Gläb mer's, Gregor, bei mir war aa alles in Ordnung und bestens gepflegt.«

Jetzt versteht na der Gregor, gläb ich, trotz seiner inzwischn vier Schoppm: »Herr Pfarrer«, secht er, »ich gläb, mir zwää hamm ä gleich schweres Schicksal zu trachng ghabt in dena 40 Jahr. – Halt!« Der alt Gregor, der Feuerwehrmann, haabt sich mit die Hend an die Stirn. »Halt! Des hab ich breits vergessn. Eemal simmer ausgerückt zu än richtichng Brand.«

»Na also!« Der Pfarrer iss fast ä weng enttäuscht: »Na, hasta ja dein Brand ghabt.«

»Nää, Herr Pfarrer, wie mir voller Vorfreude am Brandplatz ankumma sinn, war des Feuer scho gelöscht, es hat bloß nuch ä wengla aus der Aschn geraacht.«

Der Pfarrer will den Gregor, der scho wieder so gedrückt wirkt, tröst, und er find doch tatsächlich wieder ä Gleichnis. »Sichsta, Gregor«, secht er spitzbübisch, »bei mir hat's in dena 40 Jahr Zölibat aa ämal gebrennt. Ich bin aa alarmiert worn, so ä Luder hat aagerufm. Sie hätt so Glaubenszweifel, hat sa gsacht, und ob ich net schnell ämal kumm könnt, vielleicht wollert sa aa ä Beichte ableg.«

»Und?« Der Gregor drängt na: »Was hamm Sa denn da gemacht, Herr Pfarrer?«

Der Pfarrer red jetzt ä weng leiser. »Ach, der Herrgott soll mir's verzeih'. Mir isses so ganga wie dir, Gregor. Ich hab mich momentan gfrääť über den Einsatz und bin, wie du, aa ausgerückt. Aber, stell dir vor, wie ich mit wächa Knie bei den Ludersmensch ankumma bin, war des Feuer scho gelöscht. Ihr Mo iss ä weng früher vo die Ärbet hemmkumma, Gott sei Dank.«

»Herr Pfarrer, mir sinn Schicksalsgenossn!« Än Gregor sei fümf Schoppm wirkng. »Jetzt denk ich über die Feuerwehr neu nach und über uns zwää. Es is gut, wenn die Geräte in Ordnung sinn, aber mer muß doch froh sei, wenn's net so oft brennt – was da für Unglücke passier könna. Und, Herr Pfarrer, Feuerwehrübunga sinn doch aa ganz schö. Auf jedn Fall sinn sa besser wie gar nix. Da sachng die Leut immer, mir spritzertn bei die Übunga bloß nei die Luft. Die Simpl, die wissn ja gar net, daß mer aa bei die Feuerwehrübunga sich än richtichng hääßn Brand ganz real vorstell kann. – Beck! Nuch än Schoppm!«

Wasser marsch!

Es brennt, die Feuerwehr stürmt es Haus,
Aber es kummt kee Wasser aus die Strahlrohre raus.
Eener brüllt: »Kummt jetzt bal Wasser? Sunst leckt
ihr mich am Arsch!
Wasser! Wasser! Verdammt, Wasser marsch!
Die Brandhitz iss grausam, unterm Helm läfft der Schwääß.
»Wu bleibt denn des Wasser? Da hinna isses hääß!«
Fümf sinn drin, und nach Wasser schrein vier.
Und der fümft schreit: »Wasser marsch, bitte, und
bitte aa ä Bier!«

Der Kapitän

Es war ä Drama, ä Feuerwehrdrama, und die Leut vo Sendelbach wern noch lang dervo redn. Seit Jahr und Tag hat's in Sendelbach nix mehr gebrennt, und nacher gleich so was, aber – der Reihe nach.

Der Georg war scho in Rentn und hat mit seiner Hulda ä geruhsams Läbm gführt. Sie hamm in än altn fränkischn Haus gewohnt, mit viel Fachwerk und viel Holz am Balkon. Der Georg hat scho ä weng schwer ghört, und die Hulda hat laut schrei müß, wenn sa mit na red wollt. Im Vertrauen hat sa na praktisch gar nix sag könn. Was er aber net hat hör soll, des hat er genau verstanna. Dieser Hörschaden hat dena zwää eine glückliche Ehe beschert.

Der Nachber vo dena zwää war der Maiers Franz. Der Franz war der größt Spaßvogel vom Ort. An Fasenacht hat er sei großa Auftritte ghat, und er hat es ganz Jahr Witzli gemacht und die Leut nein April gschickt, aa wenn's scho September war. Kee Wunner, wenn na kenner äwas gegläbt hat.

Bein Georg und bei die Hulda hamm noch manchmal zwää Enkeli mitgässn, wenn sa vo die Schul kumma sinn, weil, dena ihr Mama hat än Full-time-Job ghabt. Die zwää Mädli hamm Carmen und Nicole ghäßn und warn so richtig im Teeageralter, des häßt, so langsam iss bei dena aa scho der Knotn aufganga.

Also, die Hulda und der Georg mit die zwää junga Mädli warn eines Tages beim Mittagessn ghockt, in der Wohnküch im erschtn Stock, und sie hamm die Tür aufgelassn naus 'n Holzbalkon, weil's Sommer war. Es Essn hat gschmeckt, und der Georg hat ä Fläschla Bier aufgemacht. Es war ziemlich hääß heut, und die Teenagerli hamm über ihr Badeanzüg bloß noch schnell ä T-Shirtla gezochng; es hätt ja ees kumm könn.

»Da verbrennt wieder eener sei Holz«, hat der Opa Georg geraunzt, »des is doch gar net erlaubt, im Sommer, bei dera Hitz.«

»Vielleicht mecht der Hellers Alois sei Säufutter? Der schürt doch aa mit Holz.«

»Doch net jetzt, Mittag«, hat der Opa widersprochng, »Säu wern abeds gfüttert.«

In dem Moment sinn zwää junga Männer zum Spritznhaus gerennt, und dann hat mer fei aa scho die Sirene ghört.

»Da, da hat's sich scho was entzündt«, hat der Opa Georg sachlich festgstellt und hat aber mit 'n Knöchlesabkiefm weitergemacht.

Plötzlich iss der Nachber, der Maiers Franz, des Spaßvögela, untn auf die Straß erschiena und hat gebrüllt: »Es brennt! Es brennt! Georg, es brennt!«

Der Georg iss na die Balkontür und hat nuntergschrica. »Ich wäß, ich wäß, ich hab die Sirene scho ghört.«

»Bei dir, Georg, bei euch brennt's! Raus! Schnell, ihr müßt rasch raus aus dem Haus, es Dach brennt!«

Da hat der Georg aber gelacht: »Ja, ja, iss scho recht, bei uns brennt's, hahaha, mir kasta den Appetit net verderb.«

»Des iss kee Witz! Es brennt, ganz ohne Scheiß!«

Der Opa hat bloß gelacht und hat sich wieder neigsetzt zu sein Knöchla. Und zu seiner Hulda hat er gsacht: »Des Spaßvögela hat gsacht, bei uns brennert's. Mich legt der net rei.«

Da hat die Carmen auf eemal die Nasn naufgezochng und hat gsacht: »Merkt ihr nix? Es riecht so komisch.«

»Ja«, hat die Nicole beigepflicht, »es müchert ganz brenzlich.«

Aber der Georg war net aus seiner Rentnerruh zu bringa: »Aufm Herd werd äwas angebrennt sinn, oder die Oma hat ä Herdplattn vergessn auszumachng, und es liechng noch Bröseli drauf.«

Sie hamm ruhig weitergässn, aber nix mehr lang. Wie unter der Flurtür Rauch eigedrunga iss, und es Gschrei iss auf der Straß immer lauter worn, hat der Georg doch ämal aus der Tür nei die Diele guck wöll, und – er iss erstarrt. Der Flur und es ganza Treppmhaus war scho in hella Flamma gstanna.

»Es brennt! Es brennt!« Der Opa hat sofort die Tür wieder zugschmissn, daß kee Durchzug die Flamma nuch mehr anfach hat könn.

Mit Tatü-Tata iss in dem Moment es Feuerwehrauto eigetroffm, und die Löschmänner hamm ihr Gerät in Stellung gebracht. Der Opa und die Hulda mit die zwää Enkeli warn zitternd aufm Balkon gstanna, über sich es lodernde Dach und hinter sich es brennende Treppenhaus. Der Rückzug war abschnittn.

Der Feuerwehrkommandant hat naufgebläckt: »Ihr müßt sofort raus aus dem Haus, es besteht höchste Lebensgefahr!«

»Wie bitte?« hat der Georg zurückgebrüllt.

»Lebensgefahr!« »Ja, ja, des iss wahr«, hat der Opa gschriea, »aber wie solln mir denn da raus?«

Die Oma und ihr zwää Enkeli hamm sich anänanner geklammert. Sie hamm gezittert, trotz der Hitz; die Lage war aussichtslos. Nunner die Straß warn's vier Meter. Für än Stabhochspringer net viel, aber guckt ämal vier Meter nunner, des iss ä Sauhöh, und die Oma war kee Stabhochspringerin.

Da hat der Feuerwehrkommandant zum erschtn Mal in sein Lebm folgenden Befehl gääm: »Sprungtuch raus!« Und sechs Feuerwehrleut hamm es Sprungtuch vorschriftsmäßig gspannt und hamm selber recht gspannt naufgeguckt zu die Bikinimädli und zu die zwää Altn.

»Ich hüpf da net nunner, auf gar keinen Fall! Da verbrenn ich lieber«, hat die Oma gezetert.

»Was häßt da ›Da verbrenn ich lieber‹? Des tät dir so paß, mich als Witwer dalaß!« Der Georg war wütend. »Du hüpfst zuerscht! Wenn ä Schiff untergeht, wern aa immer zuerscht die Weiber und die Kinner gerett!«

Aber die Hulda hat protestiert: »Heut springt ämal der Kapitän zuerscht. Wenn dich des Tuch aushält, nacher trau ich mich aa.«

»Nix! Der Kapitän geht mit sein brennenden Schiff unter. Los, ihr Weiber, ihr seid doch sonst mit der Goschn vorn dran, jetzt werd gschprunga! Basta!«

Die zwää Mädli ham sich aber aa net getraut und hamm leis es Heuln agfangt. Hintera hat es brennende Haus geknistert und gekracht. Obwohl fleißig gspritzt worn iss, hat die Feuerwehr den Brand net eidämm könn.

Der Kommandant iss inzwischn fuchsteufelswild worn: »Jetzt springt doch ämal eener, zum Dunnerkeil nuch ämal!«

Der Georg hat nunnergebrüllt: »Die Weiber traun sich net, die Feigling!«

»Nacher spring halt du zuerscht!«

»Ich? Nä, ich muß aushalt, bis der letzte vom Balkon iss. Nä, nä, ich hüpf net als erschter.«

»Und ich hab kee saubera Unterhosn an«, hat die Oma Hulda gepflötscht.

»So ein Blödsinn«, hat da der Georg gewettert, »die Feuerwehrleut wern auf dei Unterhosn aufpassn?! Die hamm auf annersch Zeuch zu guckng! Los, hüpf!«

Jetzt sinn in der Wohnküch die erschtn Flamma aus der Wand gschlachng, und die Lage iss prekär worn – und hääß. Dunnerwetter, war des hääß!

Da hat auf eemal die Nicole, der ee Teenager, gejubelt: »Da untn steht der Markus am Sprungtuch.«

Und die Carmen hat gelacht: »Der Franz iss aa derbei.«

Und die Nicole hat nunnergebrüllt: »Markus, fängst du uns?«

»Jaaaa!« hat's vo untn naufgschallt, und die zwää Mädli sinn gschprunga. Zwää 16jähricha Mädli sinn wie gemalt in ihrer Bikini durch die Luft gsegelt, und die Feuerwehrleut hamm ä großa Frääd an ihrn Beruf ghat und hamm es Tuch ganz fest gspannt, so daß die junga Dinger sogar ä weng gepoppt sinn. Gewochng hammsa ja net viel, zu zwätt grad 180 Pfund, des warn 30 Pfund pro Feuerwehrmann. Da soll ämal eener sag, des wär ä schwerer Beruf.

»Werst sehn«, hat der Löschmeister Frank gsacht, »der Alt iss schwerer als wie die zwää Junga zamm.« Mer muß leider jetzt scho sag, der Beweis iss nie angetretn worn.

Der Feuerwehrmann Markus hat gar nix sag könn, weil, die Nicole hat na noch vom Sprungtuch aus än langa Kuß gääm.

»So, jetzt die nächstn! Schickt euch!«

»Los, Hulda, spring«, hat der Georg gedrängt, »des Feuer kummt immer näher!«

»Ich schäm mich doch so, die Leut könna alla unter mein Rock guck.«

»Wista lieber verbrenn? Denk an die Jungfrau von Orleanses!«

»Ich bin aber kee Jungfrau von Arkansas, oder wie die häßt.«

»Wennsta jetzt net hüpfst, schmeiß ich dich nunner!« Der Opa iss bös worn.

Da hat die Hulda ihr ganzn Mut und ihr ganza Röck zwischer die Bee zammgenumma, wie än Putzlumpm übern Eemer hatse sa zammgedreht und den Zipfl mit eener Hend festghaltn. Mit der annern Hend hat sa sich die Nasn zughaltn, wie wemmer nein Wasser hüpft, und iss gschprunga. Wie ä Sack Fallobst iss sa nein Sprungtuch geplumpst. Was hätt bei der Oma aa popp soll?

»Los, der nächst!« hat der Feuerwehrkommandant angääm.

»Ich spring net«, hat der Georg gejammert, »holt schnell die Leiter!«

»Spring, du Jammerlappm!«

»Nä, was denkt denn ihr? Des sinn doch mindestens zehn Meter.«

»Spring!«

»Nä, holt die Leiter, bitte, ich bin doch net schwindelfrei, und ich hab doch heut mei Migräne!«

Zornbebend hat der Kommandant den Befehl gääm, die Leiter zu holn. Es war höchste Zeit, der Balkon hat scho angfangt zu brenna. Und der Georg iss ganz langsam die Leiter abwärts gschtiechng. Wie ein echter Kapitän von sein Schiff, hat er stolz und würdig die Brücke, den Balkon, verlassn.

Es Haus iss runtergebrennt, und sie hamm Hab und Gut verlorn. Die Versicherung hat alles bezahl müß.

Abeds, im Bett vom Gasthof von Sendelbach – sie hamm ja irgendwo schlaff müß –, hat die pfiffig Emma ihrn Kapitän nei sei alts Ohr gflüstert: »Die Feuerwehrleiter hätt ich bein bestn Willn net nuntergekönnt, weil – dir kann ich's ja sag –: Ich hab an den hääßn Sommertag gar kee Unterhosn anghat.«

»Soso, und des in deim Alter?« Des hat er ghört, der schwerhörig Frecker, der schwerhörig.

Feuerwehr-Musik

Die Kinner sinn gscheit heut, des werd ihr scho kenna,
Aber am gscheitstn sinn die Kinner vo Feuerwehrmänner.
Der Fränzla zum Beispiel möcht fürs Läbm gern
Ä Musikinstrumentla lern.
Er blättert im Katalog und freecht aa gleich was:
»Papa, was iss der Unterschied zwischer Gitarre und Baß?«
»Ich bin Feuerwehrmann, Bua, und leider kee Sänger,
Aber ich meen halt, die Baßgeichng brennt ä weng länger.«

Wen sei Feuer?

Es brennt. Mit angspannta Gsichter hockng sa im Feuerwehrauto und donnern durchng Knetzgauer Wald. Es iss Nachmittag, und es brennt in Fabrikschleichach. Der Kneuers Christian iss am Steuer, er tritt es Gaspedal durch. Der Hansibubi – er iss Kreisbrandinspektor-Stellvertreter und Feuerwehrmann Nummer eins im Landkreis – sitzt stolz nämmdraa. (»Hansibubi« hat scho sei Mama zu ihrn eenzichng Kind gsacht, und »Hansibubi« hamm sei Freunde im Kindergartn gsacht, und die in der Schul aa und in die Vereine aa, und »Hansibubi« oder kurz »Hansi« sachngsa heut noch zu na, die guta Bekannta.)

In diesem Moment betätigt der Hansibubi mit Lust und Ausdauer die Knöpfli und die Schalter fürs Blaulicht und für des Martinshorn. Hinter ihm und dem Christian dränga sich noch ä Handvoll Haßfurter Feuerwehrleut in der Mannschaftskabine vom Haßfurter Feuerwehrauto.

»Hans, mach es Martinshorn aus, da im Wald brauch mer's doch wirklich net.«

»Was? Brauch mer net? Ja, was hast denn du für ä Einstellung? Wenn mir ausrückng, dann muß die Straß frei sei – absolut frei! Da hamm mir unbedingten Vorrang! Könnt ja so ä blöder Hammel von einem Rehbock daherkumm in seiner Brunft, nää, mir brauchng aa im Wald unner Signale!« Der Hansibubi iss der Feuerwehrmann Nummer eins, und da gibt's kee Widerred – basta!

Während der Christian mit unverminderter Gschwindigkeit durch Knetzgau rast, guckng die Haßfurter mit ernsta und entschlossena Miena zum Feuerwehrauto naus und lassn sich gern ä weng bewunder. Alla Leut machng Platz auf der Straß, und es Getüt vom Martinshorn bricht sich schaurig an die Häuserwend vo Knetzgau. Die Leut läfft ä Genshaut auf. »Was ner wieder passiert iss?« denkng sa.

Erst hinter Knetzgau entspanna sich die Haßfurter Feuerwehrgsichter. »Hast gsänn, wie sa geguckt hamm? Ja, ja, die Haßfurter Feuerwehr, immer gut gerüst und immer die erschtn am Brandplatz. Christian, geb Gas!«

»Wahrscheints brennt ä Bauernhof in Fabrikschleichach«, meent der Otto.

»Wuher wäßt du denn des?« fährt na der Hansi an.

»Naja, dort gibt's doch bloß Bauerhöf.«

»Hoffentlich simmer desmal wieder die erschtn.«

»Des gläb ich net, die Oberschleichacher sinn bestimmt scho da, die hamm doch bloß fümf Kilometer.«

An dera Stell erhebt der Hansibubi sei Stimm: »Die Oberschleichacher mit ihrn Scheißspritzla, die könna doch überhaupts net mitred, die Dunnerkeiler die gottverlassena.« (Des muß mer wiß: Der Hansi iss Schmied und kann mindestens zehn Minutn lang fluch und ordinära Ausdrück verwend, ohne sich einmal zu wiederholn. Wie nach sein Tod sei Schmiedewerkstatt aufgeräumt worn iss, solln sa hintern Amboß 1328 verdruckneta Dunnerkeiler gfunna hab.)

Und weiter iss es Haßfurter Feuerwehrauto gerast, immer Richtung Fabrikschleichach. Am Schleichacher Berg, hinter Unterschleichach – kenner hat hintergeguckt, und der Christian hat grad deutlich an Schwung verlorn –, setzt plötzlich es Feuerwehrauto vo Knetzgau zum Überholn an. Ja, gibt's denn des aa?

Ausgerechngt die Knetzgauer, »die Säuhünd, die verdammtn!« Der Hansibubi sucht sein ganzn Wortschatz zamm: »Ihr Himmelhünd, ihr verfluchta! Ihr Frecker, ihr versauta! Ihr Knetzgauner!«

Gott sei Dank, sie hamm na net verstanna.

Der Hansibubi brüllt wie ein Stier: »Christian, ja, was iss denn? Geb Gas, Christian, blamier uns net, die mit ihrn altn Hundskarrn, ihrn verrecktn. Des gibt's doch net, daß die uns abhänga. Christian, tret drauf!«

»Hopp, hopp, hopp!« Die ganz Haßfurter Feuerwehrmannschaft feuert jetz ihrn Chauffeur an.

»Mir hammsa, mir hammsa abghängt, die Hundsverrecker, die Knetzgauer Lahmarschn.« Die Haßfurter jubeln und klopfm ihrn Chauffeur auf sei Achseln. Die Knetzgauer sinn hinter die Haßfurter eingschert, weil auf eemal ä Bauernwachng daherkummt. Sie hamm die Straß freigemacht, damit's kenn Unfall gibt. Natürlich iss jetzt es Haßfurter Auto zuerscht in Fabrikschleichach am Brandplatz. Sie packng ihr Schläuch aus, ihr Spritzn und ihr übrigs Geraffl und loschn des klenna Scheuerla, des wu immer noch brennt.

Die Knetzgauer helfm bein Viehraustreibm und machng die umliegenden Gebäude naß, damit sich der Brand net ausbreit.

Obwohl es Feuer net so toll iss, geht's hektisch zu. Die Feuerwehrleut renna durchänanner, und der Hansibubi brüllt die Befehle: »Wasser marsch! Strahlrohr vor! Wasser halt!« Er braucht kenn Lautsprecher, er hat ein übermächtiges Organ. Sei Stimm iss sowohl durchng Kirchngchor als auch durchng bürgerlichen Gsangverein gstählt und durch unzählige Schoppm auf fränkische Art durchgetrunkng. Er dringt durch. Jeder hört na.

Aber was iss des? Was iss denn jetzt scho wieder los? »Ja, zum Dunnerkeil, die Herrgottsakramenter, was wölln denn die da?« Ä Skandal ohnegleichen bahnt sich an. Ja, des gibt's doch im ganzn Lääm net – jetzt kummt die Eltmänner Feuerwehr aa nuch! Der Hansi kriegt än krebsrotn Kopf vor Wut. Sei Stirnadern schwelln gfährlich an, er ringt nach Luft. Wer braucht denn die Eltmänner, grad die?

Die Eltmänner machng den Fehler und stelln ihr Auto ganz in der Näh vom Haßfurter Fahrzeug ab. In der Näh vom Hansibubi, oh weh. Wie die Eltmänner Löschmannschaft runterspringt und ihr Löschgeräte auspack will, da steigert der Hansibubi sei Stimm noch um ä paar Dezibel, und er brüllt: »Was wollt denn ihr da? Haut ab! Des iss unner Feuer!«

»Aber mir sinn doch alarmiert worn.« So ä schüchterns Stimmla, des kann doch kee Feuerwehrmann sei.

Der Hansibubi gibt na raus: »Da hätt ihr scho ä weng schneller fahr müß. Hier löschn mir, und damit basta!«

»Aber ...«

»Aber, aber, aber ... basta, hab ich gsacht! Wissn Sie überhaupt, wen Sie vor sich habm?« Der Hansibubi werd jetzt förmlich, aber er wart die Anwort gar net ab. »Vor Ihnen steht der Kreisbrandinspektor-Stellvertreter Hans Ankenbrand aus Haßfurt, merken Sie sich des gfälligst. Und wer sinn Sie? Name? Dienstgrad?«

»Mein Name iss Swoboda.« Heiliger Gott, so ein ängstliches Stimmla, so spricht mer doch net mit 'n Hansibubi.

Der knöttert noch vor sich hin: »So ein Pimpela Wichtig! Will mir sag, wer lösch muß!«

Hemmwärts im Auto, ohne Blaulicht und ohne Martinshorn, lacht der Hansi leis in sich nei: »Dena hamm mir's gezeigt, wo der Bartl än Most holt! – Sag ämal, Christian, kennst du einen gewissn Swoboda?«

»Nää, nu nie ghört, des muß ä Flüchtling sei.«

Schlauchleitunga

»Franz und Heiner«, hat der Feuerwehrkommandant gsacht,
»Ihr zwää habt die Feuerwehr lächerlich gmacht.
Ihr habt doch die Leitunga gelegt letzta Wochng …« –
»Na und, was hamm mir denn da verbrochng?
Die Schokoladenfabrik hat gebrennt in Etzenricht,
Und mir hamm die Schlauchleitunga gelegt.«
»Des isses ja grad, es iss kaum zu ertrachng.
Ihr habt die Feuerwehrschläuch durchng Kakao gezochng!«

Der Löckerles Kasper

Immer, wennsa Theater gspielt hamm, war's voll im Zentralsaal, und immer, wennsa des Stück wiederholt hamm, weil's so voll war, war's wieder voll. Erfolg hat sich an Erfolg gereiht, und sie hamm gspielt, was kumma iss. Ä Lustspiel, ä Operette, än Bauernschwank, aber auch durchaus ernste Stücke. Die sinn dann mehr auf November zu gspielt worn, wo die Leut sowieso traurig sinn.

Natürlich hat's aa scho damals die Feuerwehr gääm, und die Feuerwehrleut hamm gewißt: Am schnellstn brennt ä Zirkus oder ä Theaterbühne. Der Vorhang, die Kulissen, die weit gebauschta Gewänder, da droht allerhöchste Gefahr. So isses kumma, daß ohne Feuerschutz kee Theater hat gspielt wer' derf, und für den Feuerschutz war ständig verantwortlich: der Löckerles Kasper.

Sei Platz war seitlich, hinter der rechtn Soffiten – genau da, wo aa die Sträng warn, mit dena wu der Vorhang auf- und zugezochng worn iss. Sei Sitzplatz war ein spartanisch harter Holzstuhl, und griffbereit warn drei Gefäße gstanna zum Löschn: zwää Eemer mit Wasser und ä Maßkrug mit Bier. Daß der Löckerles Kasper net verwechselt worn iss mit die Schauspieler, hat er bei Aufführunga immer sei Feuerwehruniform anghabt.

Jetzt derf mer sich des net so vorstell, daß der Kasper immer bloß zu die Theaterabende kumma iss, umsonst neigederft hat und als eenzicher untern Theater Bier hat trink derf – nä, so war des net. Der Löckerles Kasper war immer da, er war mit der Theatertruppe fest verschweißt und iss mitera durch Freud und Leid ganga, durch dick und dünn. Bei jeder Prob war der Kasper derbei und hat praktisch alla Rolln hinterschich und vorderschich auswendig aufsag könn. Noch bevor's die Schauspieler gelernt ghabt hamm.

Mit 'n Souffleur in sein Kästla war er in ständigem Augenkontakt, und wenn ämal der Souffleur nix mehr weitergewißt hat, nacher hat der Kasper in fliegendem Wechsel aa noch es Souffliern übernumma, und zwar auswendig.

Selbstverständlich hat's aa kenn Bessern gääm zum Vorhang auf- und zuziehn, so daß der Löckerles Kasper übern Feuerschutz hinaus fei den ganzn Abmd ganz schö zu tun ghabt hat. Durch des hektischa Getu hat er aa immer viel Bier gebraucht. Ä ruhiger Trunk war praktisch net möglich.

Durch sei jahrelange Bühnenpraxis und durch sei reiche Erfahrung hat er aa bei neua Stücke mitred derf. Sogar Besetzungsvorschläg hat er gemacht: »Laß doch die Marri die Witwe spiel und die Resi deren Tochter, des paßt än Alter nach besser zamm«, hat er zum Beispiel gsacht, oder: »Den Heiner könnt ihr kenn Pfarrer spiel laß, des nimmt uns des Publikum nie ab. Denkt doch bloß ämal, wie der mit die Weiber rumhaut.« Wie gsacht, der Löckerles Kasper war ein Theaterfachmann comme il faut und gleichzeitig ein Garant, daß der Feuerschutz gewährleistet war.

Sonst hamm na die Leut im Städtla net so ernst genumma. Sie hamm eher über na gelacht, weil er derhemm so folg hat müß.

Fürs Theater aber war er unersetzlich, und, mer muß zu seiner Ehre sag, daß es, solang der Kasper aufgepaßt hat, kee eenzigs mal gebrennt hat, weder im Saal nuch auf der Bühne.

Der November iss kumma, und sie hamm ä schwers neus Stück eingeübt. Sehr ernst war's, und in Rußland hat's gspielt. Ghandelt hat's von än junga Bauern, der wu net genug krieg kann und über seine Habgier Weib und Kind vergißt, vo sein arma altn Vater ganz zu schweigen. Scho während der Proben hat der Löckerles Kasper manche heimliche Träne zerdrückt. Es iss na unheimlich ans Gemüt ganga, wie der alte gichtbrüchige Knecht den Bauern zur Vernunft bring will und zur Umkehr – aber nix, der kriegt den Kragen net voll und verstößt den altn und getreun Knecht aa nuch.

Ohne zwää Taschetücher iss der Löckerles Kasper inzwischen bei kenner Prob auskumma, und er hat zum Regisseur gsacht: »Werst sehn, die Leut heul Rotz und Wasser bei den Drama.«

Der Tag der Uraufführung hat sich genaht, und der Löckerles Kasper hat scho nachmittag sei Feuerwehrsuniform angezochng und is naus 'n Zentralsaal. Er hat sei Wassereemer und sein Bierkrug bereitgstellt und gfüllt. Langsam sinn die Damen und Herren Schauspieler aa eingetroffm, sinn gschminkt worn und hamm Nervosität verbreitet.

»Meenst, es klappt?«

»Toi, toi, toi!«

»Wu issn der Heiner? Es iss fei scho siema!« Der Heiner hat den Knecht gspielt. Er hat zwar bloß een Satz zu sachng ghabt, aber der war wichtig. Wu er ner bleibt? Um halber achta war der Heiner immer nuch net da, und um dreiviertel achta aa net. Der Regisseur hat getobt: »Den wenn ich erwüsch!«

Der Saal war voll. Die Zuschauer warn ernst und gefaßt dringsessn. Sie hamm gewißt: Heut gibt's nix zu lachng, es iss November.

»Kasper, du mußt den Knecht spiel.«
»Ich? Du spinnst!«
»Du mußt!«
»Des kann ich net.«
»Du mußt, es iss doch bloß ee Satz.«
»Aber ich hab doch noch nie …«
»Des kannst du scho. Du kannst doch die Rolln. Wäßt du, wie der Satz häßt?«
»Freilich, aber ich …«
»Kasper, du mußt.«
Der Kasper hat sofort aufs Klo gemüßt und sofort ä neus Bier gebraucht. Sei Hals war trockng, und sei Herz war in die Kniekehln ghängt. »Es werd mer doch gut gehn? Ich kann die Truppe jetzt net gut häng laß.« Er war furchtbar aufgeregt. Herzinfarkte hat's damals nu net gääm, sonst hätt er en kriegt.

Wie war der ee Satz wieder? Ach so, ja: »Halt ein, halt ein, du hast ja deines VATERS ganz vergessen!« In mehr als 20 Proben hat sich der Satz bein Kasper eigeprägt. Jetzt aber, wu er na auf eemal gebraucht hatt, hat er na nix mehr gekönnt. »Halt auf, halt auf …« Nä, nä, nä, er hat sich mit der flachng Hend fest auf sei Hirn ghaam. »Halt ein, halt ein, du hast wohl deines VATERS ganz vergessen?!« Er werd doch des Scheißsätzla zammbringa?!

Der Kasper hat gezittert, sei Knie sinn weich worn. »Gott sei Dank, bin ich erst im letztn Akt dran, des dauert noch ä bißla«, hat er sich getröst. Wie ä alter Knecht hat der Kasper sowieso ausgsehn, also hat er bloß noch dem Heiner sein Kittel gebraucht und sein Feuerwehrhelm runtertu müß.

Es iss anganga, der Kasper hat den Vorhang aufgezochng. Wie war wieder sei Satz? »Halt ein, halt ein, du hast wohl deiner MUTTER ... nä! ... deines VATERS ganz vergessen?!«

Die Zeit iss fortgschrittn, und der Kasper hat ä großa Kerzn fürn Heilichng Antonius nei die Ritterkapelln fürs Netversprechng versprochng.

Die Leut im Publilkum warn inzwischn schon sehr gerührt. Die Schauspieler hamm sämtliche Tränenregister gezochng, und mer hat immer öfter än Schneuzerer ghört. Sogar der Herr Pfarrer, der wu in der erschtn Reihe ghöckt war, hat getan, als wenn na äwas nein Aach gflochng wär. Es war ä richtigs Novemberstück, und schon hat der erst seinen Tränen freien Lauf gelassn. Es war die Agnes, än Löckerles Kasper sei Fraa; sie hat noch nix gewißt vom Kasper sein Debüt.

Herrlich traurig war's, und wie der unersättliche junge russische Bauer sei Familie verstoßen hat, iss ein Schluchzer durch die Menge ganga. Wie aber dem altn Vater sei Herz mittn auf der Bühne gebrochen iss, hat die Witwe Gretel laut aufgheult; ihr Mo war noch kee Jahr tot.

»Kasper, mach dich fertig!«

Der Kasper hat eine zweite Kerze nach Maria Limbach versprochng, mindestens einen Meter groß, und hat sein Satz nuch ämal vorgsacht: »Halt ein, halt ein, du hast wohl deines VATERS ganz vergessen?!« Na also.

Wie dann der Kasper dem Heiner sein Kittel angezochng hat, hat doch eena vo die ganz junga Schauspielerinna über den neun Knecht lach müß.

»Pst!« hat der Regisseur gemacht, »blöda Gans.«

Und der Kasper hat na beigepflicht: »Des iss wirklich ä blöda Gans«, hat er gsacht. Wenn er's ner net gsacht hätt, wenn er ner net Gans zuera gsacht hätt!

Jetzt war's soweit. Der Kasper iss auf die Bühna gstürzt, hat sich vor dem junga Bauern auf die Knie gschmissn und hat beschwörend sei Hend gerunga und gschria: »Halt ein, halt ein, du hast wohl deines Vaters GANS vergessen?!«

In dem Moment, mit dera eena falschen Betonung, war beim Publikum die ganze feierliche Stimmung im Eemer. Die Leut hamm sich gekugelt vor Lachng, und wie sa den Löckerles Kasper erkannt hamm, hamm sa vor Gaudi fast nei die Hosn gepießt. Sie hamm Träna gelacht und hamm ihr Taschetücher weiterhin gebraucht.

Frenetischer Applaus hat eingsetzt, Beifallstürme wie noch nie, und dann die erschtn Sprechchöre: »Kaschper! Kaschper!«

Laut Rolle hätt ja der Knecht sofort wieder von der Bühne runtergemüßt, aber was macht ein beifallumtoster Künstler? Er verbeugt sich und genießt den Szenenapplaus, den erschtn in sein Lääm.

Wie der Löckerles Kasper wieder hinter der Bühne war, hamm na sei Schauspielerkollegen fix- und fertiggemacht. »Du hast des schöna Stück gschmissn, du Simpl … Ä Lustspiel hasta draus gemacht!«

»Aber ich hab mich net verpappelt!«

Die Agnes, vor Scham wär sa am liebstn im Boden versunkng, iss mit die Witwe Gretel hemmganga.

»Ach, war des schö heut abend«, hat die Witwe Gretel gschwärmt, »seit mei Alois gschtorm iss, hab ich nix mehr so gelacht.«

Örtliche Betäubung

»Der nächste, bitte!«

Der Franz iss dran. Er guckt noch ämal rum, ob net vielleicht hoffentlich doch noch eener vor ihm drankummt, aber es hilft nix, »der nächste, bitte«, des iss er.

Und er secht sich immer wieder vor: »Zu, Franz! Du als erwachsener Mo und nuch Angst vorn Zahnarzt? Schäm dich!« Aber es hilft nix.

»Sie könna gern vor mir nei«, secht er zu einer Fraa mit än dickng Backng, »ich hab heut viel Zeit.«

Aber die Fraa lächelt bloß gschwolln und winkt ab. Er iss endgültig dran.

»Einen Moment.« Der Franz muß schnell nuch ämal aufs Klo. Er zittert, und sei Knie sinn weich.

Aber dann isses soweit: Bleich steigt er aufm Stuhl vom Zahnarzt. Mit Grausen guckt er sich die blitzenden Folterinstrumente an: »Ach Gott, ach Gott, da liechng die Spritzn.« Der Franz wird jetzt ganz grün in sein Gsicht, und es iss na zumut wie vor einer Hinrichtung. Wenn's ner scho rum wär! Sei Fraa und sei Kinner, die sinn zu beneidn. Die hamm zwar viel Ärbet derhemm, aber sie müssen net auf so än Stuhl höck.

»Na, Herr Melber, Sie wern mer doch kee Angst hamm?«

»Nä, nä«, bibbert's aus 'n Franz raus.

»Wer denkt denn so was? Ich und Angst, daß ich net lach!«

Und der Dokter fängt an: »So, dann wolln mer ämal seh. Machng Sa mal schön weit den Mund auf.« – Der Zahnarzt sieht, daß er den Franz beruhig muß. »Wie geht's denn ihrer Fraa?«

»Mhm, mhm«, mecht's der Franz.

»Und was haltn Sie denn vo unnern neua Bürgermeister?«

»Mhm, mhm.« Die Unterhaltung iss ziemlich einseitig, und der Franz iss sehr beunruhigt wecher den Dokter sei Ablenkungsmanöver.

»Oh weh, der Zahn muß gemacht wer', da isses höchsta Zeit.« Der Dokter nimmt den Bohrer und nähert sich dem kranken Zahn.

»Aua!« schreit der Franz.

»Na, na, ich hab na doch noch gar net berührt.«

»Aber fast!« Dem Franz bricht der kalte Schweiß aus. Er söllert sich schäm, er als Feuerwehrmann. Im Kopf brennende Scheuern und lodernde Fabrikhallen und im Einsatz mit schwerem Gerät hundertfach bewährt und heldenhaft unempfindlich, und jetzt hat er Angst vor so än Scheißzahnbohrerla.

»Ich seh scho, es besta iss ä Spritzn, Sie sinn zu ängstlich.«

»Ä Spritzn?«

»Ä klenns Stichla bloß – ä Sekündla, und es iss rum.«

»Ä Stich? Herr Dokter, tut des weh?«

»Na, Herr Melber, Sie wern mer doch jetzt net … Vorher will ich mir nuch ämal die annern Zähn anguck. Der iss gut, und der iss gut …«

Der Dokter iss ein Frecker. Er tauscht, ohne daß es der Franz merkt, sei Untersuchungshäkela geger ä Spritzla aus und wie er grad secht »Und an dem Zahn müß mer aa nix mach, Sie hamm wirklich gsunda Zähn«, da hämmert er die Spritzn nei, wu sa highört.

Der Franz zuckt zamm wie aufm elektrischn Stuhl. Sei Bee strampeln in der Luft, und er bäumt sich auf und will schrei, aber es geht net. Jetzt fängt die Spritzn es Wirkng an, und der Franz sackt in sich zamm. Sei eenzicher Gedankng iss: »Sinn net scho Leut an sötta Spritzn gschtorbm?« Dann werd sei Backng pelzet, und er wäß, er hat's hinter sich. Was jetzt der Dokter aa mecht, er kann's net spür; sei Mut kehrt zurück.

Da passiert's. Grad jetzt, ausgerechngt jetzt piepst sei Feuerwehrpiepser, den wu er immer an sein Gürtel trägt. Des gibt's doch net, es brennt, und er höckt bein Zahnarzt. Unmöglich!

»Tut mir leid, ich muß fort. Es brennt, und ich bin der wichtigst Mo bei der Feuerwehr.«

»Aber die Zahnbehandlung ...« Der Arzt iss sauer. Sei Spritzn sitzt, jetzt hätt's losgeh soll.

Und der Franz hört's scho nix mehr, wie der Dokter schreit: »... aber des muß ich fei berechng!« Er höckt scho im Feuerwehrauto.

Es brennt in än Bauernhof in Prappach. Die Haßfurter Feuerwehr und der Franz sinn die erschtn am Brandplatz. Sie sinn stolz. Mit sein Strahlrohr steht der Franz Aug in Aug mit die Flamma, und er kennt keinen Pardon. Neber ihm kracht ein brennender Balken zu Boden, er weicht und wankt keinen Zentimeter.

»Franz, paß auf!« schreit der Kommandant, aber der Franz beißt sei betäubta Zähn zamm. Wenn er löscht, dann löscht er, da kennt er keinen Grüß Gott. Er muß des mach, und er muß durchhalt, weil die merschtn annera sich gar net so weit vortrauertn – Angsthasn!

Da fliecht scho wieder ä Stück Dach runter, und da derwischt's na bös. Ä glimmender Dachsparrn trifft den Franz neis Gsicht, genau auf sein Backng. Sofort rinnt es Blut, und es roha Fleisch guckt raus.

Der Kommandant sicht's, reißt den Franz zurück und schreit laut nach die Sanitäter. »Mensch, Franz, hörst du mich? Bleib liechng, gleich kummt der Dokter – Franz, du bist schwer verletzt, sag doch äwas, lebst du noch?«

Da reißt sich der Franz los, steht auf und schüttelt die Helfer ab. »Für was halt'n ihr mich? Wenn's brennt, muß gelöscht wer', da kann ich auf so ä Scheißerla net aufpaß!« Also, sei blutende und aufgerissena Gesichtshälfte iss ä Scheißerla – ein Held iss er, der Franz. Es wäß ja kenner, daß sei halbs Untergsicht betäubt und eigschlaffm iss. Und der Franz, mer gläbt's net, hat weitergelöscht.

Hemmwärts im Feuerwehrauto hamm sa na auf die Schulter geklopft. »Mensch, Franz, des mecht dir so schnell kenner nach.«

Und der Kommandant schwärmt: »Des meld ich dem Ministerpräsidentn, jawohl, dern Franz ghört die Lebensrettungsmedaille!«

Ä annerer schreit: »Er hat schwerverletzt weitergekämpft, dem Franz ghört der Bayrische Verdienstordn. Den müssn net bloß immer die Staatssekretäre krieg!«

Bein Franz – jetz isser verbundn und sicht nuch mehr wie ä Held aus – fanga jetzt die Schmerzn an, die Betäubung läßt nach. Für ihn isses kee schöner Abend mehr, aber er iss der Held des Tages.

Wochenlang rednsa vo na und von seiner Heldentat, und in der Zeitung steht er aa drin. Der Zahnarzt liest fei die Zeitung aa.

Ee Wochng später muß er zu sein Schreckng wieder hör: »Der nächste, bitte!« Und er guckt sich um, ob net vielleicht hoffentlich doch noch eener vor ihm dran iss. Der Schweiß bricht na aus, und er muß dringend aufs Klo. »Vielleicht«, denkt er hoffnungsvoll, »vielleicht brennt's ja aa heut nuch ämal so günstig?«

Ä neus Feurwehrauto

Die Feuerwehrübung iss aus. Mit der Drehleiter hammsa geübt und mit der Rettungsscher, Schlauchverbindunga hammsa gelernt und vor allem Schnelligkeit, Schnelligkeit und nuch ämal Schnelligkeit. Es geht auf die Prüfung zu, sie wolln es Leistungsabzeichng ableg. So ein Streß.

Umso besser schmeckt nachher der Schoppm bei der Thres. Nach jeder Übung warnsa bei der Thres ghockt und hamm fachgsimplt. Die Simpl, statt daß sa ämal über Eishockey, über Fußball oder über Frauen geredt hättn, nein, immer wieder warn's die Bränd und die Brandbekämpfung. Mer sicht: Feuerwehrleut warnsa, bis zum letzn Schoppm. Einmal Feuerwehrmann, immer Feuerwehrmann.

Aa heut redn sa sich die Köpf wieder hääß. »Also, ich kann mir überhaupt net vorstell, wie eener sein eigena Betrieb anzünd kann. Des gibt's doch nie und nimmer«, behaupt der Klaus.

Aber der Otto widerspricht na: »Du hast ja keine Ahnung, wenn so än Firmenbesitzer es Wasser bis zum Hals steht, und sei Zeuch iss zufällig hoch versichert, zu was der alles fähig iss. Zu alles iss der fähig, zu alles!«

»Genau«, stimmt aa der Erwin zu, »oder ä Bäuerla will ä neua Scheuer, weil die alt baufällig iss. Die ärbetn doch mit alla Tricks, die Frecker.«

Der Heinz iss ruhig, er secht gar nix. Er fährt es Feuerwehrauto. Obwohl auch er ein leidenschaftlicher Feuerwehrmann iss, hält er sei Goschn bei den Thema. Sonderbar, daß er net mitdebattiert, des paßt gar net zu na.

»Mancha hammsa ja sogar scho erwischt, die Kripo, wenn sa ihr Firma ›heiß saniert‹ hamm«, wääß der Klaus. »Des iss teuer kumma, die kumma nein Bau, wenn's dumm geht.«

Und der Otto schreit derzwischn: »Die Versicherunga sinn die hartnäckigstn. Bis die bezahln, lassn sa den Fall genau untersuch, aber ganz genau!«

Der Heinz secht nix, er hält immer noch sei Goschn und hört zu. Wie mer ner da ruhig bleib kann?

»Stellt euch ämal vor, was des gekost hat, wie seinerzeit die Matratznfabrik gebrennt hat«, meent der Klaus.

Und der Erwin erinnert an den Scheuernbrand vo Wolfershausn: »Unmöglich, daß eener so was selber anzünd, undenkbar, also, ich kann mer des net vorstell.«

Der Heinz sinniert und schweigt. Scho viele Jahre fährt er es Feuerwehrauto, und seit genau einem Jahr ä funkelnagelneus Feuerwehrauto, ä Neuanschaffung.

»Nach was suchngsa eigentlich, wenn's gebrennt hat, und der Verdacht iss da?« frecht der Klaus.

»Sie müssn nach jedn Brand nach der Brandursache such. Ob ä Verdacht da iss oder net. Des iss Gsetz, und wehe, sie finna ä Benzinkanisterla oder ä Kerzla.« Der Otto kennt sich aus.

»Oder sie finna ä Streichhölzla«, bläckt der Erwin derzwischn.

Der Heinz lächelt und schweigt weiter. »Streichhölzli – ihr Stümper«, denkt er sich – sag tut er nix, der Chauffeur vom Feuerwehrauto.

»Wißter noch, wie genau vor än Jahr die Kistnfabrik gebrennt hat? Die Nacht war taghell, und mer hat gedacht, ä Möblhaus brennt in der Näh, und deraweil war's fuchza Kilometer weiter. Des war ä Brand!«

Der Klaus erinnert sich aa: »Neun Millionen Mark Schadn, die Versicherung werd gflucht hamm, aber trotz intensivster Sucherei hammsa nix gfunna.«

Der Erwin kummt ins Sinnieren: »Jetzt steht die modernste Kistnfabrik weit und breit daa. Tolla Gebäude und die neuestn Maschina, alles vollautomatisch.«

Ganz unbeabsichtigt fährt's dem Otto raus: »Äwas Bessers hätt dem Holzwerk gar net passier könn.«

Und plötzlich, es erschta Mal, daß der Heinz aa was red: »Sei vorsichtig mit sötta Äußerunga. Es iss zweifelsfrei festgstellt worn, daß es ä elektrischer Defekt war. Mit übler Nachrede bista fei gleich derbei.« Der Heinz iss entfernt verwandt mit dem Kistnfabriksbesitzer, und er kennt sein Onkel, den Schlack, in- und auswendig; der iss mit alla Wasser gewaschn. »Gut, daß zweifelsfrei feststeht, daß es ein elektrischer Defekt war«, denkt er sich, »des wär ja ä Blamasch für die ganz Verwandtschaft und vor allem für ihn als Feuerwehrmann, wenn sa sein Onkel der Brandstiftung überführt hättn.« Der Heinz lächelt, und die Diskussion vo die annern drei geht weiter.

»Mensch, wie mir damals gelöscht hamm, genau vor än Jahr war's. Die Kistnstapel und die Pallettn hamm gebrennt wie Zunder«, denkt der Otto laut zurück.

Und der Erwin wäß nuch ganz genau: »Mit sechs Auto simmer ausgerückt. Des war ein Kampf um jede Fußbreit Bodn. Wasser gecher Holz, und der Wind war es Gfährlichsta.«

Des vo dem Wind brauchngsa dem Heinz net zu erzähln. Er lächelt, und er erinnert sich gern an den verdammtn Funkngflug, aber sag tut er nix. Sei weitläufiger Onkel, der Frecker, ausgerechngt bei den Wind hat die elektrische Holztrocknung verrückt gspielt. Ä weng Glück ghört aa derzu im Lääm.

Der Klaus frecht: »Sag ämal, wißt ihr nuch, wie mir damals unner TLF 16 verlorn hamm? So ein Pech! Hast du des net gfahrn, Heinz?«

»Erinner mich net dadra«, secht der Heinz gequält, »des war unner bests Auto. Zwar unner ältsts, aber unner bests. Ewig schad drum, aber der Sauwind und der Funkngflug.«

Jetzt erinnern sa sich wieder alla dran, wie durch Funkngflug, es Feuerwehrauto war recht ungünstig gstanna, des TLF 16 in Brand geratn iss. Es war zwar gut versichert, aber wer verliert denn gern ä Feuerwehrauto? Des muß mer sich ämal vorstell, ä Feuerwehrauto persönlich brennt runner!

Der Heinz lenkt ab: »Zu, mir redn vo was annersch. Des war für mich ä schwarzer Tag, ich will gar nix mehr dran denk. Des war bestimmt der größt Brand seit zwanzig Jahr.«

»Des kasta laut sag«, pflicht na der Otto bei, »des war eine Materialschlacht, gigantisch. Naja, du kast ja nix derzu, wennst du den Funkngflug geahnt häst, nacher häst doch du dei Auto woannersch higstellt, oder?«

Sie zahln und gehn hemm. Der Heinz geht nuch ämal an der Feuerwehrhall vorbei, er hat den Schlüssl. Er guckt nuch ämal nach sein funklnachlneun Feuerwehrauto. Es iss na wichtiger bal wie sei Fraa – herrlich, der Lack, die Rundunga und die moderne Ausstattung. Zärtlich streicht er über die Kotflügel und über den übrigng Autokörper.

Damals war wirklich ä arger Funkngflug wecher den verdammtn Wind. Hätt er des Auto woannersch histell soll? Des alta, unmoderna, gut versicherta? Damals, wie sein Onkel ... den Frecker sei Kistnfabrik gebrennt hat? So gscheit wie sei Onkel iss er scho lang.

Es Feuerwehrauto und die Kistnfabrik warn bei zwää verschiedena Firmen versichert, und die Versicherunga warn weit ausänanner, aber der Apfel fällt net weit vom Stamm.

Unglück

Heutzutag wern die Frauen – stolz muß mer des sachng –
Vo ihrer Männer auf Händen getrachng.
Aber früher warn die Männer frech, mer müßert sich schäm,
Da hat's doch tatsächlich folgendes Sprüchla gääm:
»Hat *der* Mo ein Glück, mer kann sich bloß wunner,
Sei Fraa iss gschtorbm, und jetzt brennt na sei
Scheuern runner.«

Im Slowakischen Paradies

»Mer kann wieder hinfahr, nei die Slowakei, ganz ohne Visum und ganz ohne Hick-Hack an der Grenz. Gott sei Dank, der Kommunismus iss vorbei.« Der Willi hat es großa Wort gführt. Die Feuerwehr war in einer Dienstbesprechung. Sie hamm ihrn Jahresausflug besprochng, den Jahresausflug mit Frauen.

Der Karl iss wie immer vorsichtiger gewesn: »Vielleicht wölln ja unner Frauen nach Nizza oder nach Paris?«

Aber der Willi iss na über die Goschn gfahrn: »Waffer Fraa will nach Paris, wo die Sünde lauert für ihrn Mo? Wenn die erscht hörn, wie günstig mer in so än ehemalichng Ostblockland eikäff kann, gehn sa vo selber mit. Wenn ich bloß an die böhmischen Granaten denk.«

»Heilicher Gott, Granatn, mir wölln doch nix mit Sprengstoff zu tun hab.«

»Oh, du Simpl, Granaten sinn doch rota Schmuckstücke!«

Der Willi iss ins Schwärma geratn, und die Versammlung iss scho ä weng auf sein Vorschlag eigschwenkt. Die nächsten Tage hat er wie ein Maulwurf gewühlt, hat den Feuerwehrfrauen von böhmischen Granatn und Kristallglas vorgschwärmt, und er hat die Männer bei ihrer Feuerwehrehre gepackt und hat immer wieder versichert, daß ein Männerbrand nicht schöner als mit Pilsner Urquell oder mit Budweiser Bier gelöscht werden kann.

Wen wunnert's? Der Willi hat sich durchgsetzt. Die Feuerwehr hat beschlossen, den diesjährigen Feuerwehrausflug durch die Tschechei in die Slowakei zu unternehmen. Der Feuerwehrverein zahlt die Hälft. Nobel!

Aber der Willi war net ner bloß ein normaler Reisevorbereiter und Hotelreservierer, nein, er war ein Künstler auf dem Gebiet der Geselligkeit und Busunterhaltung. Er hat dafür gsorgt, daß immer äwas Besonderes erlebt worn iss.

»Du, Hans, ich hab gelesn«, hat er seinem vertrauten Freund zugflüstert, »daß es in der Slowakei noch Bären gibt.«

»Was, Bären? Da müß mer fei aufpaß.«

»Depp«, hat der Willi gelacht, »die reißn doch aus, wenn sa än Menschn sehn. Aber mir hamm doch auf unnera Reisn scho immer än Gäg gemacht.«

»Na freilich.« Der Hans erinnert sich noch lebhaft an die Heimatzeitung in Frankreich und an die annern Überraschunga.

»Und jetzt hab ich mir gedacht, wenn mir dort in der Slowakei auf unnerer Wanderung än richtichng Bär begegnerten.«

»Gell, du meenst, es kummt grad eener daher, wenn mir wandern?« Der Hans hat sich na sein Hirn getippt.

Aber der Willi hat sei Ideenbombe plötzlich platz laß: »Den Bär mechst du, Hans!«

»Ich?«

»Ja, du.«

»Du spinnst!«

»Überhaupt net, mir besorchng ä Kostüm, und in irgend einem Wald kummst du ausn Gebüsch gstürzt und brummst.«

Der Hans war net so begeistert wie der Willi, aber der hat in den schönsten Farben dem Hans ausgemalt, wie er seiner Feuerwehrkameraden einen Riesenschreck einjag kann, und wie sa vielleicht sogar vor Schreck nei die Hosn machng, und daß mer sa noch jahrelang damit hänsel könnt. Er, der Willi, tät sogar raff mit dem Bär, damit's echt wirkt.

Jetzt war der Hans Feuer und Flamme und hat sich im Theaterfundus ä Bärenkostüm besorgt und hat's derhemm, wie er ällees war, anprobiert. Net ämal sei Fraa hat's wiß derf.

Die Fahrt iss immer nähergerückt, und die letzte Nacht vor der großen Reise hat der Willi ä weng unruhig gschlaffm. Er hat nämlich überlegt, wie es wär, wenn statt dem Hans ä wirklich richtiger Bär aus dem Gebüsch brechert, und wenn er, der Willi, nachher, nach dem Schreck für die Freunde, den Bär demaskier wollert, und es wär ä richtiger Grizzly, und der tät dann mit seiner Prankng ... Jessas nä, net auszudenkng, mer wäß ja vom Winnetou, wie so was ausgeh kann.

Dem Hans hat er vo seiner Ängstn gar nix gsacht, weil er na net fürchert mach wollt, aber der Willi hat vorsichtshalber, wie sa den Bär nei än extra Rucksack verpackt hamm, am rechtn Ohr von dem Bärenkostüm ä rots Bändla befestigt, daß er dann aa wäß, ob's der Hans iss, wenn der Bär kummt.

Während der Busfahrt hat der Willi den Gag mit dem Bär scho ä weng vorbereitet. Er hat erklärt, daß es in den einsamen Wäldern der Slowakei noch Bären geb soll.

Die Feuerwehrleut hamm gelacht und gsacht: »Die soll ner kumm, die Bärn. Mir sinn Feuerwehrmänner und hamm kee Angst vor so än Teddybärla.« Eener hat sogar gfreecht, ob sich's vielleicht um Erdbeern handelt, ha, ha, ha.

»Hans, was hast denn da in dein großn Rucksack?« wollt der Georg wiß.

Aber der Hans hat bloß gegrinst und hat nix verratn. »Vielleicht ä Überraschung?« hat er gsacht und den Finger an sei Lippm gelegt. Er hat gewißt, es muß klapp, denn er hat derhemm geübt, wie er ganz schnell des Bärenkleid überstrüpf kann, und es Brumma hat er aa scho geübt. Die Fahrt iss weiterganga.

»Wer mecht mit bei der Wanderung ins Slowakische Paradies?«

Ungefähr zwölf Männer und Frauen hamm sich sofort gemeld von die 50 Reiseteilnehmer. Zwölf handfesta sportlicha Feuerwehrwanderer. Der Hans hat sein dick vollgepropftn Rucksack aufghat.

Bergauf isses ganga, durch Hochwald zuerscht und dann durch dichtes Unterholz. Die Weg sinn schmäler worn, die Zivilisation iss weit zurückgebliem.

»Halt, da simmer falsch!« hat der Willi – er hat die Landkartn ghabt – auf eemal gsacht. »Mir müssn ä Stückla zurück.«

So war's mit 'n Hans ausgemacht. Elf Mann sinn zurück, der Hans iss heimlich ins Gebüsch.

Wie sa 200 Meter zurück warn, hat der Willi wieder sei Kartn studiert und hat gsacht: »Falsch, mir warn doch richtig, des vorhin war doch der richtige Weg.«

Und sie sinn die 200 Meter wieder bergauf gstiechng und hamm gschent.

Der Hans war inzwischen oben im Gebüsch mit sein Kostüm beschäftigt. »Was iss denn des für ä blöds rots Bändla? Gut daß ich des jetzt noch gsehn hab«, hat er gschent und hat dem Willi sei rots Zeichen weggemacht. »Wahrscheints vo der letzten Reinigung«, hat er gebrummt, scho fast wie ä richtiger Bär.

Kaum war der Hans maskiert, sinn die Feuerwehrleut scho angschnauft kumma. Da iss der Bär laut brüllend aus dem Gebüsch gebrochng, hat sei Zähn gefletscht und hat drohend sei Prankng erhobm. Vorn am Bauch war der Bär mit große Knöpf zugeknöpft, aber die Feuerwehrleut hamm bloß des grimmiga Maul gsehn.

Alla hamm gschria und gezittert, bloß der Willi war die Ruhe selbst. Er hat sich des rechta Ohr angeguckt – und auf eemal isser blaß worn. »In Deckung!« hat er gebrüllt. »In Deckung, Leute, auf die Bäume! Rette sich, wer kann! Ä Bär! Ä Bär!«

Die Feuerwehrleut warn scho längst ausgerissn. Alla hamm sa sich versteckIt, bis aufm Georg, der hat wirklich kee Schiß ghat. Wie der Georg gsehn hat, daß der Bär noch gar net angreift, hat er sei Taschemesser raus und iss sogar auf na los. »Ihr Hosescheißer!« hat er nein Wald gschria zu seiner Kameraden und hat sei Taschemesser aufgeklappt und hat auf den Bär eigstochng, nei sein dickng Wanst.

Gut fürn Hans, daß es bloß a Taschemesser war, und gut fürn Hans, daß er sich aus kosmetischen Gründen mit den dickng Rucksack den Bärenbauch ausgstopft hat, und aa gut fürn Hans, daß der Georg in seiner Aufregung statts der Salamischneidklinga ner bloß den Korkenzieher ausgeklappt hat. Auf jeden Fall iss der Hans erlegt worn, hat sich zu erkenna gäm und iss gleich untersucht worn, ob er sich was getan hat. Gott sei Dank, es hat na nix gfehlt.

Jetzt war eigentlich befreiendes Gelächter eingeplant, aber des iss bein Hans und aa bei die Feuerwehrleut ä weng dünn ausgfalln. Gut, daß der Georg sei groß Fahrtenmesser net derbeighat hat. Trotzdem iss er gfeiert worn, der tapfere Ritter Georg. »Bärentöter«, hammsa zu na gsacht, und beschlossen iss worn, daß heut abend eine große Ehrung stattfind muß, und zwar soll sei Heldentat gebührend gelöscht wer'.

Alla warn sa da bei der abendlichen Feier, bloß die Hauptperson, der Georg, hat gfehlt. Sei Fraa hat na net gelassn. »Du bleibst da, du hast die Wanderung mitgemacht, des langt! Jetzt bleibst da bei mir im Hotelzimmer!«

Jetzt hätt er sei Tapferkeit erneut unter Beweis stell könn, aber zweimal am Tag kann der unerschrockenste Bärentöter net zustech. Im Hotelzimmer hat er die Waffen gstreckt, der Feuerwehrmann Georg. Sei Namenspatron, der Drachentöter Georg, hätt da bestimmt ä bessera Figur gemacht.

Brand im Zirkus

Zeltleinwand, Heu, Stroh und Holz,
Der Direktor iss auf sein Zirkus stolz.
Er zeigt na jedn, den er kennt.
»Hamm Sie kee Angst, daß des leicht ämal brennt?«
»Jetzt nix mehr, ich seh des jetzt ganz locker,
Mir hamm doch seit gestern än Feuerschlucker.«

Der Feuerwehrball

Scho am 16. Januar soll heuer der Feuerwehrball sei, kaum daß die Feiertag rum sinn. Naja, der Fasching fordert sein Tribut, da mußta lustig sei, ob da willst oder net.

Aa wenn der Andrang zum Feuerwehrball nix mehr iss wie früher, so iss er doch immerhin ein gsellschaftliches Ereignis. Mancha gehn aber bloß ungern hin: »Tanzn«, sachngsa, »wenn ich des scho hör!« Oder die Frauen: »Ich hab nix anzuziehn! Zu, mir bleibm derhemm.«

Tanz tätn sa scho gern wieder ämal, aber merschtens höckng sa bloß blöd rum auf so än Ball und essn recht fest, obwohl sa scho zu Abmd gessn hamm. Drei bis vier Pflichttourn müssn natürlich sei, soweit sa Gschäftsleut sinn und Kundinna da sinn. Aa die Gemeinderät hamm ihr Pflichttourn, denn im Herbst sinn Wahlen. Mer sieht, ä bißla werd doch getanzt.

Die Meiera iss so ä Beispiel: »Albert, tanz ämal mit die Anna, zu! Die hat erscht voriga Wochng für 250 Mark bei uns eikäfft.«

»Ich hab kee Lust.«

»Lust hin, Lust her, mir hamm ä Gschäft! Und mit die Elsa tanzt du aa ämal, die hat än ganzn Abmd noch kenner gholt.«

Daß so wenig getanzt werd und daß es so langweilig iss, des liecht natürlich net an die Frauen, sondern daadra, daß so wenig Damenwahl gspielt werd. Von ällees kumma die Männer net, die muß mer sich hol, die faula Frecker.

Der Adam und die Ida beratn ihr Feuerwehrballgarderob beim Mittagessn. Die Ida schlägt vor: »Du ziehst dein graua Anzug an, mit die weinrot Krawattn, und ich mei beesches Kläd mit die blaua Rosn.«

Da wend der Adam ein: »Aber des hammer doch vorigs Jahr bein Feuerwehrball aa scho anghabt.«

»Na und? Na, mach ich halt ä annersch Bröschla hi. Obwohl, du hast recht, ä neus Kläd bräuchert ich scho ämal.«

»Nä, nä«, bremst der Adam, »des beescha Kläd iss doch super.«

Die Ida findet noch einen Kostenfaktor: »Zum Friseur muß ich aa noch.«

»Ich aa«, secht der Adam.

»Du?« Die Ida protestiert. »Dei Haar schneid ich selber – und besser als wie jeder Friseur. Wie die dich immer zammrichtn. Eß schnell fertig, nacher mach mer's gleich. Ich will ner bloß die Scher noch ä weng abputz, weil ich damit vorhin den Blumastrauß kürzer gemacht hab.«

Der Adam wehrt ab: »Aber des iss doch unner Gflügelscher!«

Da schnauzt na die Ida an: »Du hast ja keine Ahnung, des iss ä sogenannte Allzweckscher, und Allzweck häßt: Mer kann aa Haar mit schneid. Am besten iss, ich schneid dir dei Haar auf der Terrasse«, meent die Ida. Aber der Adam gibt zu bedenken, daß es doch kalt iss im Januar, und daß er sich doch net mit der Unterhosn naus die Terrasse höck könnt, und nei die Kläder hänga sich doch die Haar immer so nei. Des sieht die Ida ei. Sie will aber net den Dreck im Haus.

Da hat er die rettende Idee: »Du hast doch dein Pelzmantel unter so än Plastiksack ghabt, der muß doch noch irgendwo da sei. Wenn mei Kopf da obm durchpassert, dann wär doch des ä prima Schutz.«

Kurz und gut, der Adam höckt drauß die Terrasse. Warm angezochng aber ganz eng eigezwickt in sein Plastiksack. Sofort fängt er trotz Januar es Schwitzn an, und sei Transpirent schlägt sich als Tröpfli auf dem Plastikbeutl nieder, es werd feucht. Die Ida mecht sich mit Kamm und Gflügelscher übern Adam sein Kopf her.

Dummerweis war kee Laub mehr an die Gebüsche, also kee Deckung mehr da, und sei Nachber, der Max, war aa grad in sein Garten. »Na, was macht denn ihr zwää da drüm? Gell, du schneidst dein Mo die Haar?« hat er rübergelacht.

Alles hätt der Max erfahr derf, bloß des hat er jetzt doch net wiß soll. »Nä, mir probiern bloß ä neus Kostüm für heut abmd aufm Maskenball.« Und fluchtartig hat der Adam wieder sei Wohnzimmer aufgsucht.

»Des iss nix«, hat er gsacht, wie na sei Fraa wieder die Plastikhülln über sein Kopf gezerrt hat. »In den Plastikbeutl kriegsta ja Platzangst. Ich zieh mich aus wie immer und höck mich nei die Badwanna, doo iss gscheiter.«

Fünf Minutn später war der Adam in der Badewanna ghöckt, fast nackert, und sei Ida war am Verzweifeln: »Wie bring ich denn an dein Kopf eine Fassong? Dei Ölles iss doch krumm und bucklet wie ä alter Fußballplatz. Am bestn werd's sei, ich nämm än Kochtopf, setz dir na auf und schneid außn rum.«

Aber auch hier hat der Adam die zündende Idee: »Vo wecher Kochtopf, nämm doch mein Feuerwehrhelm, der iss gleichmäßig, und du kannst dich net verschneid, weil ich na anbind kann.«

Der Nachbar Max erzählt inzwischen seiner Resi, was er gsehn hat. »Also, unner Seeräuberkostüme kasta vergeß. Die sinn nix gecher dera ihr Idee mit dem Plastiksack.« Es treibt na rum. Soll er nuch ämal nüber und soll schell?

Inzwischn kauert der Adam in Unterhosn, mit 'n Feuerwehrhelm aufm Kopf, wieder in der Badewanna, und die Ida schneid alles ab, was untn rausguckt, aus 'n Feuerwehrhelm. Eigentlich iss des doch leicht, aber trotzdem schreit sa: »Dei Kortlett sinn ä Problem, die müssn doch gleich sei.«

Der Adam wäß Rat, auch in dieser verzweifelten Situation: »Mir müssn äwas Gleichlangs aufm Helm hab. Wenn des dann gleichmäßig hüm und drüm runterhängt, nacher wäßt du genau, wie weit du geh kannst.«

Die Ida iss ins Schwitzn kumma. Es Bad iss gschürt, und sie zieht ä weng äwas aus. Der Adam nimmt inzwischen ä Schnur, die wu obm än Knotn hat, des iss die Mittn. Da muß er sein Finger auf sein Helm und auf die Schnur drück, und jetzt hängt die Schnur seitlich rechts und links runter, und daß sa gut grad hängt, bind die Ida als Beschwerung je een vo ihrer Ohrring an die Schnurendn. Zwää silberna Öpfeli aus schwerem Modeblech.

Wie die Ida grad kunstvoll die zwää Kortlett auf gleicha Läng bringt, da wu die zwää Öpfelstil sinn, da schellt's an der Tür.

»Mach auf, Fraa.«

»Ich? So, wie ich bin? Mit mein altn Schlüpfer und mein schlimmstn BH? So mach ich kee Tür auf. Außerdem sinn mei Haar nuch net gewaschn. Wer wääß, wer des iss?«

Was soll's, er muß aufmach. In Unterhosn, den Feuerwehrhelm aufm Kopf und den Finger obm auf der

Schnur, die zwää silberna Öpfeli rechts und links, geht der Adam zur Tür und mecht auf.

Der Max isses. »Ja, wie siehst denn du aus?«

»Ich hab doch gsacht, mir probiern ä Kostüm fürn Feuerwehrball. Geht ihr aa hi?« Der Adam hält eisern des Schnürla auf sein Feuerwehrhelm fest, damit die Ida gleich weiterschneid kann.

Der Max guckt na an wie es siebte Weltwunder. – »Mensch, Resi«, secht er derhemm zu seiner Fraa, »die zwää kriegng bei der Maskenprämierung – hundert Prozent – den erschtn Preis, die hamm ja Supermaskenideen!«

Kurz drauf iss der Adam fertig gschnittn. Er guckt nein Spiegel und freut sich: »Klasse gemacht und nix gekost. Eigentlich könnt ich dei Haar aa schneid.«

Was soll mer lang rumred? Ä paar Minutn drauf steht die Ida auf der Folie, auf dera wu sonst immer der Christbaam steht, wecher die Nadeln. Sie jetzt wecher die Haar, des war sei Idee. Ausgezochng iss sa ja scho, und so schnipselt er mutig anera rum. Fürn vorderen Pony ärbertn sa wieder mit dem Feuerwehrhelm, des hat sich bewährt, aber hintn, hintn isses schwerer.

Sie entschließen sich zu einer neuen Methode, und zwar ärbertn sa jetzt hintn nach Gehör. Er schneid, sie schreit.

»Net so kurz!« Nacher schneid er ä weng nunterzuus.

»Net so lang!« Nacher schneid er ä weng naufzuus.

So geht's hin und her und her und hin, und so isses aa kumma, daß ihr Frisur ä weng zick-zack ausgfalln iss.

»Wennsta gewaschn und gföhnt bist, nacher sicht mer des nix mehr so arg«, hat sie ihr Mo beruhigt. Sie waschn, sie föhna, er muß den Föhn halt, und sie dreht mit ihrn Kamm einwärts, und in einer Stund geht fei der Ball an. Sie wern langsam leicht nervös.

Wie die Polonäse beginnt, sinn sa da und nämma dran teil. Von wecher Kostüm! Er im grauen Nadelstreifen und sie in ihrn Klääd wie scho die letztn paar Feuerwehrbäll, aber – super frisiert.

Trotzdem lacht so ä dumma Fraa hinter dena zwää: »So ä Zickzackfrisur hab ich aa nuch net gsehn.«

Dera dumma Fraa ihr Töchterla aber schwärmt: »Des iss geil, des iss cool, des iss ä Superklassefrisur!« Und sie nimmt ihr Freundin mit nein Abort und nimmt ihr Scherla aus ihrn Täschla, und sie schneidn sich gegenseitig die Frisur nach. Vorn Feuerwehrhelm-Pony und hintn Zickzack-Schteil, und acht Tag später war die ganz Disco mit Zickzackfrisurn voll. Die Ida war ä Modeschöpferin und hat's gar net gewißt.

Es brennt

Er iss ä Feuerwehrmann,
        sie ä Feuerwehrmannsfraa,
Er schreit: »Ich muß zum Löschn!«
        Sie schreit: »Bleib da, bei mir brennts aa!«

Aus dem Hasenterzettlied »Die Täubli«

WILHELM WOLPERT bei **vmn**

Der kranke Franke

Fränkische Gschichtn zum Gsundlachn

80 Seiten, gebunden, mit Schutzumschlag, 12,00 €

Schwarza fränkischa Schäfli

Immerzu fromm in Gedanken, Worten und Werken –

des sinn net grad än echten Franken sei Stärken

80 Seiten, gebunden, mit Schutzumschlag, 12,00 €

Ä Katz müßt mer sei

Fränkischa Gschichtli vo fränkischa Tierli

80 Seiten, gebunden, mit Schutzumschlag, 12,00 €

So richtig ä anständigs Maulvoll

Fröhlicha fränkischa Liedli

Das »Liederbuch des Hasenterzetts«

96 Seiten, gebunden, 13,50 €

Jetzt wird's aber Zeit

Mundartliche Geschichten und Gedichte für Franken

80 Seiten, gebunden, mit Abbildungen, 12,00 €

Liebes Christkindla …

Weihnachtliche Geschichten und Lieder aus Franken

64 Seiten, gebunden, 10,00 €

Herrgott, Dir wenn's nachging

Frech, fromm, fränkisch

64 Seiten, gebunden, 10,00 €

A fränkischa Fraa

Die kummt een zwar teuer,

aber – mer hat aa lang draa

80 Seiten, gebunden, mit Schutzumschlag, 12,00 €

vmn

Verlag M. Naumann

Eicher Straße 4 · 61130 Nidderau

Telefon 06187 22122 · Telefax 06187 24902

eMail: info@mundartverlag.de

Im Internet: http://www.mundartverlag.de